十村记

精准扶贫路

主编——刘伟　　副主编——纪红建

多 彩 照 金

李清霞　张航智　著

湖南教育出版社

十村记：精准扶贫路
丛书编委会

主　编： 刘　伟

副主编： 纪红建

编　委（排名不分先后）：

总　序

扶贫路上伟大的历史足迹

　　贫穷，在不少的时候，是中国社会的历史包袱。因为贫穷，中华民族经历了许多的磨难和屈辱。因此，与贫困的抗争，一直是中国社会无法回避的难题。中国共产党人的革命，也是伴随和追寻着要独立、反饥饿与求生存、谋幸福开始的。最近十年来，在当下的中国，一个伟大的扶贫行动，最终要实现全面脱贫目标的攻坚行动，在以习近平同志为核心的党中央的坚强领导下，在全国很多地方全面持续展开。这是中国历史上直面贫穷展开的伟大反贫困奋斗故事，也是人类历史上最大规模务实和精彩的减贫脱困故事。这套题为《十村记：精准扶贫路》的报告文学丛书所展现的多样丰富内容，就是这些精彩故事的真实动人呈现，是中国乡村社会历史巨变的真实记录，非常具有现实和历史的意义。

　　在全国各地展开的扶贫故事，其丰富的表现情景各不相同，色彩斑斓。《十村记：精准扶贫路》创意性地选择习近平总书记多年来调查研究，并针对实际情况提出科学合理扶贫论述的十个村子为对象，邀请作家分别深入采访，真实形象描绘其各具个性的脱贫情形，还原经验教训，很好地呈现出中国扶贫脱困的艰巨多样和令人振奋的场景，十分具有解析再现和总结作用。习近平总书记说："40多年来，我先后在中国县、市、省、中央工作，扶贫始终是我工作的一个重要内容，我花的精力最多。"种子在厚土中发芽生长，情怀在内心滋生延伸。青年时在陕北梁家河的基层农村生活经历，是习近平认识感受贫穷压力的开始，也是他立志扶贫改变人们贫困生活处境愿望的发端。这种情系苍生、悲悯贫弱的心怀，体现出一种崇高纯粹的精神和宽广益世的情怀。正因为如此，才有习近平40多年间的许多扶贫故事，才有党的十八大之后，全面展开的扶贫攻坚、精准扶贫的火热奋斗场景。《十村记：精准扶贫路》，用分散在全国各地的十个贫困村中真实鲜活的人物、乡村命运改变的故事，让我们深入具体地看到了总书记持续不断、真诚投入、现场指导、灵活施策、科学决断的行动；在很多扶贫干部无私、智慧地开拓中，贫穷地方不断减除贫困的过程中，感受到党员干部情系人民福祉的情怀，落实"人民对美好生活的向往，就是我们的奋斗目标"的自觉行动。这些真实形象的记述，为中国历史，留下了深刻立体的脱贫印记。

存在于各地的贫困情景，各有其原因，但大多都因为山高沟深、偏远封闭、环境恶劣、交通不畅、教育落后、观念陈旧等。像福建宁德的赤溪村，村民雷程祖就感叹说，他们是"穷在山上，穷在路上，穷在娶不上媳妇上"。这个挂在半山腰的村子，曾经穷得婆媳共衣裤遮体，全家没有一只像样的碗，人畜同茅屋，过着像原始部落般的日子。山西岢岚赵家洼的村民，过去因为穷困，常年蜷缩在碎砖烂瓦垒砌的破房子内，吃不饱穿不暖，很多人成了"刮野鬼"，到处游荡。在河南兰考的张庄，历来"风沙、内涝、盐碱"三害严重，一年三灾，三年大旱，四年大涝，麦尽干枯，秋禾无望，四野一空的情形多年难变。陕西耀州照金的人们，虽在革命老区，可多年贫困，生活艰辛，房屋破旧，人们时常担心雨天房屋漏雨。在河北阜平骆驼湾村，因为土地贫瘠零散，耕种不易，加之山路难行，贫困成了最经常的表现。在安徽金寨的大湾村，饥饿是最深的记忆。在贵州遵义的花茂村，过去人们"生一次病，要半条命。没有钱望（看）啊"。在四川大凉山的三河村，在湖南湘西花垣的十八洞村，在江西井冈山的神山村，虽然都有美丽的风景，可是因为出门的路啊，阻且长，变成了美丽之困，人们多年来只能用双脚丈量风雨苦难……这些密切联系着人们生老病死的日常生活贫困情景，述说着一家家、一个个人伴随贫穷困苦生活的经历和命运表现，说起来都令人哀伤和感叹！这种锥心刺骨的民瘼，是以"人民至上，生命至上"为治国理政理念的党和政府最为牵挂的重要内容。也正是党的十八大以来，从中央到地方，坚决努力扶贫攻坚，实现脱贫补短板，为全面建成小康社会而奋斗的根本所在。

多年以来，在中国当下的扶贫解困道路上和故事中，习近平同志无论是在地方还是在中央，是作为地方干部还是作为党和国家领袖，都担当着重要的设计和"导演"的角色，使这样伟大而艰巨的工程持续推进并获取辉煌的成果。各处的贫穷困境，是多种原因造成的，绝非喊口号、说大话等可以改变的。在中国扶贫脱困的长期过程中，40多年来，习近平同志不辞劳苦，深入很多偏远偏僻山村，身体力行，持续关心，实地考察调研，用许多的行走和实践书写了"习近平的扶贫故事"。习近平同志曾说："我去了中国很多贫困地区，看望了很多贫困家庭，他们渴望幸福生活的眼神和不怕苦不怕累的奋斗精神，深深印在我的脑海里。"在一份介绍赤溪村扶贫的文件上，他强调脱贫攻坚要"艰苦奋斗，顽强拼搏，滴水穿石，久久为功"；在大湾村，他指出，打好扶贫攻坚战，要采取稳定脱贫措施，建立长效扶贫机制，把扶贫工作锲而不舍抓下去；在十八洞村，他提出，我们在抓扶贫的时候，切忌喊大口号，也不要定那些好高骛远的目标，扶贫攻坚，就是要实事求是，因地制宜，分类指导，精准扶贫；在花茂村，他勉励大家，心往一处想，劲往一处使，汗往一处流，共同把乡亲们的事情办好。在这些贫困村子里，习近平同志像一个农民的朋友、邻居、亲戚，也像一个知兵懂战的统帅，与村民、干部促膝话桑麻，共谋脱贫计。他提出了许多务实具体的意见，筹划了很多事关全局的扶贫策略。正是这些具体建议和全局策略，为各地的扶贫干部和村民指出了行动的方向和道路，使扶贫工作扎实开展推进。《十村记：精准扶贫路》所记述的大量扶贫故事，都是总书记扶贫目标愿望的真实写照，都是精准扶贫故事的美丽演绎，令人感受深刻，心生敬意！

优秀的文学创作，一定是有价值的书写，是对社会生活发展和人们命运改变的热情关注。《十村记：精准扶贫路》这部通过现场采访，分别描绘各地不同扶贫脱贫真实情景的报告文学丛书，是对中国历史空前的反贫困行动的自觉融入和靠近，表现了作家有益的现实文学追求精神，是实现文学"经世致用"，追求历史书写的很好成果。这十部作品题材现实，格调温情，风格质朴，语言平实，作家分别用线性串联的，或是故事组团式，或是历史人物命运变迁等网络交叉结构叙述，在各地贫困乡村人们生活环境和自身命运的变化过程中，真实地表现了历史的重大跨越，讲述了中国当代的精彩脱贫故事，是一种非常有价值的中国乡村历史文学记述。

《十村记：精准扶贫路》的诸位作者，深入扶贫一线，与村民和扶贫干部倾心交谈，在扶贫项目点上直接观察，分别具体形象地描述了各地人民修路、通水、通电、开展林果种植、畜牧水产养殖、利用自然环境和社会资源开展旅游、搬迁新村等努力摆脱贫困的行动过程，其间充满繁复曲折、艰辛奇趣、汗水欢乐，内容非常丰富而动人。看到作品中许多村民告别贫困和艰辛命运后浮现到脸上的笑容，讲述新生活时开心的话语，令人非常欣慰。这一切的到来，依赖于领袖的决策引导，也与当地扶贫干部和村民的不懈奋斗密不可分。作品在客观真实地叙述了这些村子致贫原因和经过艰难努力脱贫情形的同时，对很多扶贫干部的忘我开拓的精神，村民摆脱贫困的渴望、配合投入的行动给予细致描绘，使很多的矛盾纠纷和解决处理过程成为有趣的真实文学故事，具有生动形象的戏剧性感染力量。在不少地方，作家的观察思考，如对于兜底脱贫、对于有些村民搬迁之后如何发展生产与就业等问题的思考，也有益于作品内容的丰盈，令人印象深刻。

《十村记：精准扶贫路》的策划、创作、出版过程，富有个性，是以小见大，以局部侧映全局，以真实生动的精准扶贫故事表现领袖的扶贫情怀、国家的扶贫行动和伟大成果的精心出版活动，创意、实施、结果、影响等，都十分值得点赞。

是为序！

中国报告文学学会常务副会长　李炳银

2020 年 6 月于北京

编者序
于波澜壮阔之中，书感人肺腑之事

2017 年 8 月，北京天气很热。一个清秀的小伙子来找我，说是经朋友介绍，请我出面组织编撰一套书。他，就是湖南教育出版社的编辑杨宁。

杨宁拿出一份选题策划方案，是有关丛书出版的初步构想。丛书初拟书名是"足迹——精准扶贫路"，准备写习近平总书记以扶贫为主题视察过的一批乡村，希望沿着习近平总书记的扶贫足迹，以点带面地展示中国的扶贫成果。

我看了以后，感觉这是个很好的图书选题策划。全面小康、精准扶贫是近些年来非常重要的工作。2012 年 11 月召开的党的十八大，提出了确保到 2020 年实现全面建成小康社会宏伟目标；2013 年 11 月 3 日，习近平总书记在湖南湘西十八洞村首次提出"精准扶贫"的重要论述。经过几年的努力，扶贫工作已经取得了一定的成效，我们离全面建成小康社会的目标更近了。这个时间节点，策划这么一套书，政治敏锐性强，市场定位高，出版时机好。

我欣然接受邀请，答应担任这套丛书的主编。

不过，我提出，以"足迹"方式，略显直白，书名还得有文气，接地气。在后来与杨宁的交流中，我建议以纪实的方式撰写，报告文学更好，便于作者基于真实素材而发挥。在习近平总书记视察过的贫困村中选择十个扶贫难度有代表性的、扶贫成果显著的、在全国有示范效应的村子来写：湖南十八洞村、江西神山村、陕西照金村、福建赤溪村、河北骆驼湾村、安徽大湾村、河南张庄村、贵州花茂村、山西赵家洼村、四川三河村。丛书书名改为《十村记：精准扶贫路》，出版社领导和杨宁也接受了。

2018年8月，湖南教育出版社启动丛书编写会议。我和大部分作者赶到长沙，在湖南教育出版社副社长黄永华主持下，我们就丛书的定位、体例、框架、写作风格等进行了讨论。出版社党委书记、社长黄步高提出，要选取精准扶贫成功的典型故事，内容要有可读性，体现专业性。会议确定了基本撰写方案。当时获知，丛书已列入国家"十三五"重点出版规划项目。

2019年4月，我们邀请了众多业内专家在北京举行了初稿评议会。来自中国出版协会、全国扶贫宣传教育中心、中国当代文学研究会、中国报告文学学会、中国图书评论学会及《文艺报》《中华读书报》《中国扶贫》《闽东日报》等单位的专家与会。这些报告文学、扶贫宣传等领域的专家就丛书初稿认真地给予了评价，既有肯定，也指出不足，甚至就一些比较肤浅的文字表达，进行了尖锐的批评，同时提出了十分中肯的修改意见。

会后，杨宁整理了专家意见，发给了我和各位作者。不少作者根据需要又深入村里进行了补充采访，然后对书稿进行较大规模的修改和完善，切实提高了丛书的整体质量。

丛书作者多是请光明日报社驻地记者站推荐，有的是我推荐。作者要有相当的写作能力，尤其是要有深入采访及驾驭纪实类作品写作的能力。

比如，《十村记：精准扶贫路——张庄之问》的作者刘先琴，是光明日报社资深记者，之前还担任过《中国青年报》记者，采访调研能力极强，善于抓大题材。她也是知名作家，身兼河南省作协副主席，除了新闻报道，还出版过十几本散文和报告文学集，她的《玉米人》获第十三届精神文明建设"五个一工程"奖，《今生有缘》获首届杜甫文学奖。《十村记：精准扶贫路——赵家洼的消失与重生》的作者是《山西文学》主编、山西省作协副主席鲁顺民。他当过中学语文老师，后来成为职业文学编辑和作家，出版过散文、报告文学集，获得过赵树理文学奖。《十村记：精准扶贫路——赤溪清水流》的撰稿人胡银芳，是很特别的作者，出版过报告文学、长篇小说等。当然，除了北京广播电台高级记者、作家的身份，她也是福建省宁德福鼎市贯岭村的媳妇，她的婆家与同在福鼎的"中国扶贫第一村"赤溪村相距不远。宁德曾是全国十八个集中连片贫困地区之一，习近平同志曾在此担任过地委书记。在宁德工作时，习近平同志提出过"人穷志不穷""滴水穿石"，写下了《弱鸟如何先飞——闽东九县调查随感》。胡银芳在《十村记：精准扶贫路——赤溪清水流》一书的第一章就写到她这个北京女性"回婆家"的感触。"在后来的三十多年里，无论是采访还是旅行，无论是国内还是国外，我总把宁德的贫困山区和我所到的任何一个乡村作比较。但是，这种比较通常的结论都是——宁德，美丽而贫穷。"正因为她有在闽东生活的经历和感受，所以对赤溪村的描写十分细腻，情感流于字里行间，读来分外感人。

《十村记：精准扶贫路》十本书的作者，都多次到所写的村落采访、调研，深深地感受到这些贫困地区自然条件之差、交通之落后、风俗之难移……十个村落的扶贫经历，折射了中国艰难曲折的扶贫脱贫奔小康的历程。十个村的故事和人物，看似平平淡淡，实则是人物鲜活生动，故事感人肺腑，历程波澜壮阔，在中国扶贫攻坚、实现全面建成小康社会的历史中，留下了十分可贵的、真实的记录。

十本书的作者，个个都有深刻的社会观察能力，都有较强的写作能力，且都有专著出版，我就不在此一一介绍。

这些作者所写到的村落史、人物志，以及他们采访撰写的认真精神，无不令我感动。还有编委会的专家：湖南省扶贫办副主任赵成新、湖南教育出版社总编辑刘新民及丛书的副主编——知名作家纪红建等都在编写过程中做了许多工作。在这里，我要向作者、专家和湖南教育出版社领导、责任编辑杨宁及其他编辑表示真诚的感谢。

《十村记：精准扶贫路》即将付印之际，欣闻丛书入选中宣部 2020 年重点主题出版物，这是对我们工作的初步肯定。希望通过我们的讲述，能让更多人看到扶贫攻坚中的感人故事。

光明日报社原副总编辑　刘伟

2020 年 6 月于北京

目 录

题记

2015 年 2 月 14 日，习近平总书记来到陕西铜川市照金镇，向陕甘边革命根据地英雄纪念碑敬献花篮并参观纪念馆。随后，前往照金村村委会，考察当地发展情况，同村民交流，向乡亲们致以新春祝福。在前一天召开的陕甘宁革命老区脱贫致富座谈会上，习近平总书记指出，把老区发展和老区人民生活改善时刻放在心上，加大投入支持力度，加快老区发展步伐，让老区人民都过上幸福美满的日子，确保老区人民同全国人民一道进入全面小康社会。

2018 年春，照金镇北梁红军小学的孩子们给习近平总书记写信，汇报了学习革命历史的体会和学校发展变化的情况，表达了感恩奋进、早日成才的决心。六一儿童节前夕，孩子们收到了习爷爷的回信。习近平在回信中说，你们的来信我收到了，看了以后感到很高兴。你们在信中说，村里的老人常给你们讲照金的革命历史，这片红色的土地让你们骄傲和自豪。希望你们多了解中国革命、建设、改革的历史知识，多向英雄模范人物学习，热爱党、热爱祖国、热爱人民，用实际行动把红色基因一代代传下去。

上　卷　>>

大山深处的村落

2011年3月23日，天气渐暖，积雪开始融化。清晨，寒气袭人，照金村的一个农家小院张灯结彩，热闹非凡。鞭炮声中，一群衣着光鲜的年轻人嬉笑着走出院门，他们要到70里外的旬邑县郑家镇贾村去接新媳妇了。

新郎官李星28岁了，他终于找到了自己喜欢的女孩子。鲁雪艳，漂亮洋气，是个能干人。李家在村上算是殷实人家，李星高中毕业就外出打工，在杭州、西安等地，收入很不错。转眼到了结婚的年纪，父母希望他能回到家乡娶妻生子。习惯了城市生活的李星，心里虽然不情愿，但还是在镇上的煤矿找了个合适的工作。在城里生活了十多年，他已经错过了婚配的最佳时机，大多数农村女孩子20出头就结婚了，他想找到一个称心如意的女孩还真不容易。父母四处托人给他介绍对象，村支书南民政想起了自己的一个老伙计，旬邑县的鲁社运，他的大女儿从深圳回来了，还没有婚配。鲁社运是贾村的村支书，两人都是村干部，两区县接壤，开会有时也能碰见。老鲁的闺女心气高，愿意嫁到大山里来吗？南民政抱着试试看的心理，给老伙计打了个电话，说了李星的情况。老鲁一听，觉得不错。他一直觉得亏欠了女儿，为了帮衬家里，女儿的婚事被耽误了。雪艳28岁了，她同学的孩子都上小学了。在村上找不到合适年龄的对象，女儿不喜欢比自己年龄小的男孩，李星比女儿大几个月，年龄合适，在城里待的时间长，跟女儿应该有共同语言。雪艳对李星印象也很好，可她不喜欢照金这个地方。看到女儿犹豫，雪艳妈妈说话了，女儿啊，嫁人嫁人，嫁的是人，人好就行，地方不好，将来日子过好了，你们可以在城里买房，搬出去住啊！

婚礼的日子是请人看好的，3月23日，是农历二月十九，农村人讲究三六九朝上走，这天是好日子，象征着日子越来越好。农村办婚事都是在自家院子或门前搭棚子，请厨子在院子里做菜，摆流水席招待客人。村里有头有脸的人都来了，双方的亲戚朋友，新郎的同学也来了不少，新娘的闺蜜却没来几个。雪艳穿着大红的喜服，戴着精美的头饰，给客人敬酒，礼貌而周到。村上人都说李家娶了个好媳妇。

傍晚，送走娘家人，看着满院狼藉，雪艳脱下沾满黄泥的红皮鞋，鼻子有点酸酸的。前几日，照金下了场雪，天晴太阳一晒，因婆家院子的地没有硬化，雪一化，就是满地黄泥。雪艳走出院了向娘家的方向看去，大山挡住了视线，她向周围望去，四面都是山。镇子上只有一条水泥路和两家稍大点的餐馆，在深圳、珠海、东莞、广州等地生活了这么多年，下半辈子就要待在大山里了吗？雪艳踌躇了。

娘家贾村在塬上，地势虽高，却是平整的，家里种小麦、玉米，还有苹果园，下地干活可以骑摩托车。娘家的房子是新盖的瓦房，宽敞明亮。雪艳不怕穷，她怕闲、怕压抑，四面的大山压得她喘不过气来，她萌生了外出打工的念头。家人劝阻了她，婚后不久，她怀孕了。看到她不开心，李星劝她出去散散心。她在西安妹妹那里一住就是几个月，孩子稍大些，她就带着孩子回到西安，她在镇上找不到合适的工作。她想等孩子两岁上幼儿园，就在西安找个工作，母子俩在西安生活，寒暑假回去跟丈夫团聚，或者让丈夫也来，她不能让孩子输在起跑线上。

雪艳总是穿着在城里打工时的衣服，头发收拾得整齐利落，每天画着淡妆。有人说她不像农村媳妇，她总觉得心里空落落的。南书记说："雪艳，结婚了，户口迁过来了，就把组织关系转过来吧。在村里，就要参加组织活动。"别看雪艳年轻，她已经有好几年的党龄了。

鲁社运是一名退伍军人，出生在一个大家庭，兄弟多，家里比较贫穷。大家庭分家时没有给他分房子，他只好借别人家两个窑洞来住。在改革浪潮中，他"下海"几年，挣了一些钱，又向亲戚借了些钱，给妻子和孩子们盖起了属于自己的家。那时雪艳初中快毕业了，考试成绩出来，考上了郴州师范，但家里还欠着盖房人的钱，还有一个小女儿要上学，实在没有钱让雪艳继续去上学，只好由着她去南方打工；那一年，雪艳才16岁。

她随村里的小姐妹来到广州，年龄小，学历低，她只能在服装厂、电子元件厂等劳动密集型企业干简单重复的工作，每月留下一点生活费，剩下的全部寄回家里。现代城市繁华的景象让她欢喜、迷醉，她羡慕那些穿着套装在办公室工作的白领，她深知要在城市立足就要有生存技能。别人下班出去逛街、看电影，她找了一家夜校学习电脑，提升学历。提起在广州、深圳打工的日子，雪艳眼睛亮亮的，她说大城市就是好，学习机会多，夜校不限制时间，只要修够学分，通过考试就能拿到学历证书。她用了两年多时间获得了中专学历，并取得了计算机等级证书，文秘专业就业资格证。她终于有了成为白领的资格，可以胜任办公室文员的工作了。

姐妹们艳羡她不用每天穿工作服，听机器的轰鸣声了。雪艳想到弟妹还在上学，家里还需要钱，就放弃了改变人生轨迹的机会。中专学历，做文员，只能从基层做起，工资两千多元。作为产业工人，经过几年的历练，她已经是熟练工，能干技术含量较高的工种了，加上加班的收入，她每月能挣四五千元。

这一干，就是12年。转眼，弟妹们长大了，家里的房子修建得更漂亮了。雪艳错过了农村女孩的结婚年龄，从一眼望不到边的塬上嫁到了山里，成了一个山里媳妇。十余年来，她在城市不断进修，学计算机懂现代科技，而现在生活的村里都没有几户人家有电脑。适应了城市快节奏生活的雪艳，已经无法忍受面朝黄土背朝天的乡村生活了。

2012年8月初，李星打电话要雪艳马上回来，村里要拆迁了，让她回来搬家，选新房。雪艳半信半疑，照金离城区远，镇里的四家煤矿，因各种各样的原因，三家都要停产了，建红色旅游名镇，能行吗？真的假的呀？带着满腹疑惑，雪艳抱着孩子回来了。

村里出现了很多陌生的面孔，大家都在开会，说是要建设照金红色旅游名镇，是个大工程。一年时间，要建成现代化的城镇。这可是深圳速度啊！

大山深处的村落（成晓宇摄）

跟上红军有饭吃

照金是革命老区，20 世纪 30 年代，中国共产党人在这里创建了陕甘边革命根据地，实行武装割据，建立了苏维埃政权，为西北红色政权的建立创造了条件，培养了干部，积累了经验，为中国革命作出了重要贡献。

1932 年 2 月 20 日，农历正月十五元宵节，照金镇劣绅张彦宁正带领民团在街上耍社火，谢子长率领的中国工农红军陕甘游击队来到了照金。晚上，团丁们敲锣打鼓，狂欢作乐，游击队趁敌不备，将民团包围缴械。游击队在街上向在场的群众宣传红军的革命思想，"红军是共产党的队伍""红军为穷人办事"等，号召群众起来"打土豪分田地"。群众激情高涨，贫苦农民周冬至[①]第一个报名参加了游击队。后来，游击队多次在照金地区活动，发动群众抗捐抗租，当地年轻人三三两两地加入了游击队。

12 月，中国工农红军第二十六军成立后，在地方游击队配合

[①] 周冬至（1912—1934）：又名冬生，陕西省富平县淡村乡中合村人。1929 年，家乡旱灾，与家人逃荒栖居照金老爷岭。

下，扫除了照金周边民团的反动势力，为根据地的创建廓清了环境。1933年初，组织进行了香山分粮斗争。香山寺院山场10余万亩，跨越陕甘两省，包括耀县、富平、旬邑、淳化、合水等县，寺内储粮颇多。正值灾荒之年，各地灾民聚集寺下，饥寒交迫。红二团路过此地，灾民拦道呼救，哭求红军"主持天理，开仓济贫"。经团党委研究决定，部队进驻香山，召开群众大会放粮济贫。领粮群众共计3000余人，分粮600多石。群众领到"救命粮"，感激地称赞红军是"救命恩人"。2月，照金妇女游击队在北梁成立，队长是王有莲，在杨门女将保家卫国的地方也有了劳动妇女自己的武装。薛家寨有一天然岩洞，相传是杨八姐向辽军所在的北藩方向射箭所致，名曰箭穿崖。

香山分粮之后，依据《中华苏维埃共和国土地法》，立即在芋园、秀房沟、香山、陈家坡、北梁、老爷岭、土儿梁、杨柳坪等近20个村开展了土地分配运动。根据地的领导干部深入各村，同基层干部一起召开群众大会，宣传土地分配的意义和政策，宣布没收地主、反动富农和寺院、祠堂土地。分配工作由乡村革命委员会、农会、妇女会共同负责。分配办法主要有：一是实现耕者有其田，谁种归谁，确认佃农对原租土地的所有权；二是没收地主土地，由贫雇农代表统一丈量，确定每块土地标准等级，然后按人口与劳动力情况优先分配给贫雇农。对土地不足的中农，予以适当补充。当时芋园乡分了耀县高等小学堂和香山寺土地2000余亩，金盆乡分了耀县城内大地主李卜客和陈家坡地主梅生玉土地5000余亩，秀房沟村分了大地主安东财全部土地，大岩子村分了地主杜十二土地 500 余亩。其他村庄也分了耀县城内大地主潘家、雷家、李家和当地地主大量土地。陕甘边革命委员会明令宣布：废除地主佃租和国民政府一切苛捐杂税。

土地分配运动极大地激发了根据地群众的革命积极性，先后有 130 多名优秀儿女参加了主力红军和地方游击队。群众在支前活动中，男人不分昼夜为部队运粮送草，修建工事；女人为部队赶做军鞋，洗衣做饭，热情护理红军伤病员。香山分粮和土地分配运动为陕甘边苏维埃政权的建立打下了坚实的群众基础。

1933 年 4 月 5 日，陕甘边区第一次工农代表大会在照金召开，选举产生了陕甘边革命委员会，革命委员会下设土地、粮食、经济、肃反、文化教育等职能部门，党政军领导机构及人员配备齐全。照金革命根据地正式建立，根据《中共苏维埃政府组织法》，照金、香山、芋园、马栏川等地陆续成立了区、乡、村各级革命委员会，区、乡成立了农民赤卫军、少年先锋队、农会和妇女联合会等基层机构。照金苏区的组织建构基本完成，组织农民开展了分粮分地运动，在薛家寨山下的亭子沟建立了集贸市场，鼓励群众增产增收，互助自救。红二十六军成立了随营学校，给学员和边区群众教授文化知识，宣传革命道理。机关所在地薛家寨，地势险要，易守难攻。此寨并非传统的村寨，乃是在海拔 1600 余米的悬崖峭壁上顺序排列的五个天然岩洞，号称寨子。五个寨子中有四个是相互连通的，洞中宽阔，可藏千军万马。山体由坚硬的石灰岩构成，走势雄奇，壁立千仞，古时为兵家必争之地。传说唐末薛刚曾在这里屯兵练武，故称薛家寨。边区政府在薛家寨创办了修械所，招收西安等地技工修理枪械，制造弹药和地雷，发明创造了杀伤力较大、铜制的"麻辫手榴弹"，还建立了红军医院、被服厂等。被服厂的工作成员，由最初的五人发展到三十多人，她们都是经过革命斗争考验的贫苦妇女，都曾经是照金妇女游击队员。她们担负着缝制红军和部分游击队服装衣被的任务，并配合红军、游击队执行战斗任务，是一支英勇无畏的北方红色娘子军。游击队加固了寨体哨门，修筑碉堡和堞墙，设岗放哨，修通了山下迂回到山寨的道路。薛家寨曾是照金苏区的大本营与指挥中心，如今则是著名的红色教育基地和旅游景区。

1933年9月20日，红军主力外出作战，地方民团趁机迅速攻打薛家寨，游击队及留守人员奋起反抗，妇女游击队也参与了薛家寨保卫战，成功击退十多名敌人。9月21日，国民党调集十七路军正规部队及周围各县民团数千人包围薛家寨，炮轰6天。妇女游击队负责监视敌人举动，帮助转移物资。到10月18日，由于叛徒出卖，敌军从后山沿小路攻上山寨。妇女游击队边打边撤，牺牲了几名队员。队长王有莲同几十名敌人周旋，用自己的生命为战友争取了更多的撤退时间。最后20余名女队员被敌人追逼到悬崖边，她们不甘心被俘虏，全部纵身跳下悬崖，用生命谱写了照金妇女壮丽的诗篇。薛家寨漫山的红叶因她们而更加绚烂，她们的血肉之躯和革命精神融入了照金的丹霞峭壁之中。

跳崖的游击队员还有三位幸存者，她们被树枝挂住，拖着重伤的身体爬行四天。当地的老乡发现了她们，将她们送回家救治。其中一位生还后，同组织失去了联系，直到几十年后才找到组织。

照金妇女游击队的事迹比狼牙山五壮士还要早，比她们略早的琼崖纵队"红色娘子军"的故事后来被搬上银幕，改编成芭蕾舞剧，成为经典。

照金妇女游击队员们用生命牵制了敌人，掩护了战友撤退。薛家寨失守后，边区机关与游击队主力北上甘肃，与红军主力会合后建立了南梁革命根据地。部分游击队留在照金继续开展游击战争。照金苏区彼时已陷入白色恐怖之中，反动民团和地主反攻倒算，大肆屠杀、搜捕共产党员和革命群众，边区革委会主席周冬至、委员王满堂、王亮等同志先后被杀害。党组织转入地下活动，游击队在山区继续游击战争。

1934年2月，陕甘边第三路游击队攻克龙家寨，照金苏区开始逐步恢复。当年秋，中共陕甘边南区区委、革命委员会在小石崖成立。1935年春，照金苏区全面恢复，并逐渐扩大。苏区地方武装不断壮大，组织建构日益完善。边区政府领导农民开展土地革命，实现了耕者有其田的理想和目标。以照金为中心的陕甘边革命根据地人口近四万，北迄马栏山，南抵爷台山，西至淳化原畔，东临沮水之滨，包括原耀县、旬邑、淳化、同官（今铜川）、宜君五县的部分地区，并与陕北根据地连成一片，统一为陕甘革命根据地，又称"陕甘苏区"。这块根据地成为当时"硕果仅存"的革命根据地，为中央红军长征提供了落脚点，为中国共产党参加并夺取抗日战争胜利提供了出发点。

中央红军到达陕北后，集中兵力将照金、南梁、陕北三块根据地打通成片，建立面积更大的陕甘宁边区，成为中国共产党领导核心和中央政府所在地。陕甘宁边区呈扇形或口袋形，照金处于边区的扇柄或袋口的位置，与国民党统治区交界，是边区的南大门和交通枢纽，战略地位十分重要。

抗日战争期间，照金作为陕甘宁边区关中分区的重要组成部分，建立了抗日民主政权，积极建立抗日统一战线，开展减租减息和大生产运动，自力更生，多次粉碎国民党顽固派的阴谋，保护了交通线的通畅，保卫了边区的南大门。1939年照金解放，属淳耀县辖区。1940年，中共陕西省委机关从泾阳县云阳镇迁到照金镇坟滩、寺坪等村。

解放战争时期，照金人民在党的领导下，积极开展游击战争，粉碎了胡宗南的"清剿"。1947年5月，收复照金苏区，中共淳耀县委县政府正式恢复。10月，关中分区开展了土地改革工作，1948年9月，老区的农民都分到了土地。

从照金苏区建立到淳耀县全境解放，照金地区有两次短时间内被国民党当局占领，其他时间都是党领导下的苏区。尽管不断受到国民党顽固派的封锁与骚扰，照金人民的生产积极性仍然很高，生产力水平也有所提高，人民生活安定，农业生产一直在有序进行。农民自耕自种，消灭了剥削和压迫，实现了农民自己当家做主的美好愿望。

照金：遍地似金的地方

　　照金，也称"石门关"，位于陕西省铜川市耀州区西北 54 公里处，距离省会西安 110 公里，全程高速连通。照金地处子午岭桥山山脉南段突出地带，与淳化、旬邑两县交界，面积 164 平

方公里。境内崇山峻岭，地形复杂，有千米以上山峰34座，2公里以上沟道27条。照金是一个被台塬、丘陵和沟壑环绕着的小型盆地，即沟道。镇区呈条状，西北—东南走向，镇中心是陕甘边革命根据地照金纪念馆，即当地人口中的1933广场。纪念馆建在1933年陕甘边革命委员会成立旧址上。镇政府所在地即照金村，四面环山，镇区相对平坦。照金属于典型的山地峡谷区，境内峰峦叠起，沟壑纵横，密林遍布，森林覆盖率达75%。远古时代照金地区是一片汪洋大海，如今呈现为典型的丹霞地貌，远望山崖如灿灿云霞，近看色彩斑斓，美不胜收。有绣房沟、薛家寨、箭穿崖、张果老崖等风景名胜。相传隋炀帝曾巡游此地，恰值雨后天晴，阳光照射在他的锦衣绣袍上，周身金光四射，众人以为大吉，隋炀帝大喜，遂开金口："日照锦衣，遍地似金，此地应为照金。"北宋画家范宽以照金山势景色为蓝本创作了著名的山水画《溪山行旅图》①，这幅绢本墨笔画，现藏于"台北故宫博物院"。画面前景溪水奔流，山径上有一队运载货物的商旅缘溪行进，可见当时商贸发达，百姓富足。

　　据传耀州是上古阴康氏的治地②，置县历史2160多年。考古发现，耀州区有新石器时代遗址好几处，城北塔坡一带是典

---

①《溪山行旅图》是北宋范宽创作的一幅绢本墨笔画，现藏于"台北故宫博物院"。该图主体部分为巍峨高耸的山体，高山仰止，壮气夺人。山顶丛林茂盛，山谷深处一瀑如线，飞流百丈。山峰下巨岩突兀，林木挺直。画面前景溪水奔流，山径上一队运载货物的商旅缘溪行进，为幽静的山林增添了生气。
②《资治通鉴纲目》中有关于母系氏族领袖"阴康氏治于华原"的记载，其治地大致在今塔坡原上。"华原"即耀州古时名。

型的仰韶文化遗址，距今已有五六千年历史。《陕西通志·夏商国邑考》记载，夏商时，位于漆沮之间的华原，乃是雍州国邑之一。据史料记载，秦汉时期，匈奴屡犯边界，朝廷在此地设兵（驻军）防御。汉景帝二年（前155年），始置祋祤县，当为铸兵之所。史载同官、耀州境内铁、煤炭等资源丰富，能提供铸造兵器之原料。此地向北直通延安、榆林，是秦直道通往北方的重要通道，也是汉代长安通往北方的咽喉要道。《宋史·食货志》上有"耀州产铁，有务"的记载。"有务"，即设有收铁税的官署。民国时期，在耀县东街一带，曾发现昔日制兵炼铁之铁渣堆积而成的遗迹；今玉华汉代铸冶场遗址也发现了用煤冶铁后留下的炉碴。

曹魏时期并入泥阳县。隋开皇六年（586年），改泥阳为华原县。唐昭宗天祐元年（904年），凤翔节度使李茂贞在华原县置茂州，后改名耀州，建义胜军节度，辖华原一县。耀州之名，即始于此。后唐同光元年（923年），改为顺义军节度，辖华原、富平、三原、云阳、同官、美原六县。宋元明清仍为耀州。所辖区域和县份虽有不同，但同官基本在其治下，故耀州瓷遗址虽在今铜川黄埔，但一千多年来均称"耀州瓷"。有学者认为后周官窑柴窑遗址即在耀川境内。据《德应侯碑》记载，早在东晋以前，黄堡镇的陶业已经兴起。北宋神宗元丰元年（1078年）至金末（1234年），耀州瓷作为贡品，每年贡奉朝廷，远销海外。耀州瓷"胎薄釉润，冰纹清晰，花饰繁丽典雅"，有"巧如范金，精比琢玉"之美誉，是北方青瓷的代表。北宋元符、建中靖国年间，陈炉镇和玉华焦坪矿区玉华窑开始用煤烧陶瓷。1975 年发掘玉华窑窑址发现在其周围"炉灰、煤渣、瓷片等遗物的堆积厚度约 1.2 米"。宋徽宗宣和三年（1121 年），焦坪矿区露头煤（今人所说的露天煤矿）自燃，经久不息。宋人张珉游矿区玉华宫遗址时，作《玉华宫记》，文中极述其壮观景象。

民国二年（1913 年）始称耀县，属关中道。1928 年，耀县改为省辖县。1944 年，陕西第二区专员公署移驻耀县，辖耀县、富平、同官、宜君、淳化、旬邑、彬县。1947 年，改为第三区专员公署，辖耀县、富平、同官、宜君、黄陵、三原、泾阳、淳化。1949 年 4 月 28 日全境解放，耀县属三原军分区。1950、1953 年先后改属咸阳和渭南地区行政专员公署。1956 年为省直辖县。由于耀县特殊的政治军事地位，28 年来，耀县两度改为省辖县。

1958 年底，耀县撤县并入铜川市。1961 年 8 月，恢复县制，归属渭南地区专员公署。1980 年 1 月，改属铜川市辖县。2002 年 10 月撤县设区至今。无论耀县建置如何变化，照金镇始终在耀县治下，农作物以小麦、玉米为主，土产以核桃为主。

耀县（今耀州区）历史上是一个以种植业为主的农业县。据明嘉靖《耀州志》记载："今耀州人专务稼穑，不织纺，不司商贾，人以故贫。"耀州地势险要，《方舆纪要》记载："面凭大阜，北负高原，漆水东经，沮流西绕，拱郿鄜之道，联同华之原，厚长安之肩背，为邠岐之指臂也。"据《秦疆治略》载，道光三年，查明人口有六万四千余人，域内平原地区因有漆沮二水，可灌溉一千七百余亩良田。耀州"民风淳朴，读书外或贸易谋生，或务农力食，其人口众多者，畜驴赴北山宜君、同官各处煤矿驮炭，赴三原一带发卖。并有购买骡马于省垣驮送官商货物运赴他省者，均获厚利。人有恒业，故无游民"。老百姓以务农或商贸为生，靠近州府、城镇的村堡地气和暖，适宜养蚕，民间妇女"缫丝为线，以资缝纫"，生活富足。遗憾的是桑林面积不足，难以形成规模。朝廷和官府引导百姓"农桑并行"，以期繁荣地方经济。

此地读书之风甚盛，历史上出了许多名人，是著名的"一圣四杰"故里，"一圣"指药王孙思邈，"四杰"指西晋思想家傅玄、唐初史学家令狐德棻、唐代书法家柳公权、北宋山水画家范宽等。这里是有名的医药之乡、书画之乡。近年来，弘扬中医药文化，铜川市境内几乎每个社区和自然村都有一家以上的"孙思邈中药堂"，医药保健实现了十五分钟生活圈的有效保障。

耀州物产丰饶，"华原芪"（黄芪）、"宜党"（党参）在唐代时已久负盛名，"华原芪"清代为贡品。《类编长安志·土产》云："华原产芍药、赤石脂、瓷器、华原石。"华原石即磬玉。北宋时期，永兴军路的耀州土贡中有就"芍药"。1972年10月，在陕西省苹果品种鉴定会上，铜川的"红星""元帅"和"红冠"被鉴定为理想的外销苹果。同年11月，铜川市成立苹果生产基地领导小组，安排全市完成35000亩外销苹果生产基地建设任务。1975年10月6—17日，国家农林、外贸等部门和全国供销合作总社联合在铜川召开全国外销苹果基地现场会。此后，铜川的苹果主要用于出口外销。

辣椒是耀州特产，由于地理气候等因素，耀州辣椒以香味浓郁而闻名，满足了那些口味刁钻，既想吃辣又怕辣的食客的"奇葩"需求。当地辣椒色香味俱佳，有辣椒之香，又不至于辣得让人难忍或失态。耀州辣椒俗名"线辣子"，是辣椒之王"秦椒"中的上品，具有身条细长、颜泽艳红、肉厚味美等特点，在外经贸会上，外商指名就要秦椒中的耀州辣椒。1984 年耀县（时名）辣椒获国家对外经济贸易部出口荣誉证书。每年有百吨以上辣椒销往东南亚地区。菜市场卖菜的大嫂们最怕顾客问：你的辣椒辣不辣？辣了，可能有人会说我怕辣；你说不辣吧，人家可能转身走了，不辣算辣椒吗？耀州卖菜的大嫂没有这个顾虑，她会说：我的辣椒香，怕辣可以少放一点；爱辣多买些，回去炒一盘子空口吃，又香又辣。

花椒是四川特产，耀州民间古时便有花椒，因品质高出产少，以药用为主。耀州花椒粒大色红、肉厚油重、麻味适中、香气浓郁持久，是耀州区第二个农产品地理标志登记保护产品。而第一个是耀州黄芪，古称"华原芪"。2012 年，耀州花椒挂果面积10 余万亩，产量 3000 吨，产值 1.2 亿元。

新中国成立后，耀州的粮食生产虽经历波折，却在不断增收。1949 年，全县粮食亩产 39 公斤；1965 年，提升到 76.7 公斤，增长 96.7%。1975 年增至 103 公斤，1978 年又降为 78.2 公斤。包产到户后，粮食产量稳步增长。1989 年，全县粮食总产 9.56 万吨，平均亩产 161 公斤，均创历史新水平。种植业总产值已由 1949年 1284 万元增至 4445 万元，占农业总产值的 76.6%。由于历史原因，耀州粮食产量出现两次大幅度减产阶段，一是 1960、1961

两年，平均亩产均低于 1949 年水平，给人民生活带来严重困难。另外是 1966 年，粮食亩产仅为 59.9 公斤。照金老区地处深山，老百姓守着"溪山胜景"，农业生产仅能维持基本的生存。

卫星上看不到的城市

唐宋之时，耀州同官人就依山掘洞或平地下挖取煤。至元代，始在黄堡新村沟开挖方形立井[1]采煤。明代，已有长年专业挖煤和农闲季节采煤的分工。清乾隆年间，已有挖煤纳税之记载。陕甘边区淳耀县时，马栏专署曾于 1943 年开办衣食村煤矿，有工人 20 余名，日出煤 30 余驮（每驮约 150 公斤），供应部队及当地群众。至 1949 年，衣食村及其附近已有矿井、小煤窑 80 余个。因设备简陋，技术落后，新中国成立后，先后停产撤并，收归国有。

1939 年，咸铜铁路支线修至耀县，并有通往各大煤矿的铁路专线，负责将煤炭运往全国各地。

新中国成立后，铜川的能源工业为国家建设作出了巨大贡献。第一个五年计划，国家确立了 156 个重点建设项目，铜川就有两个，一是王石凹煤矿，一是耀县水泥厂。王石凹煤矿由苏联列宁格勒设计院提出初步设计方案，西安煤矿设计院承担技术设计，1957 年开工建设，1961 年 11 月 20 日建成移交生产，年设计能力 120

---

[1] 该井两个井口，一作出煤口，一作进风口，各深 120 米。每下 30 米，缩井筒一次，井呈倒金字塔状。井下有主巷道相对延伸接通，用手工刨煤。

万吨，是铜川矿区煤炭生产的大型骨干矿井之一，也是当时我国西北地区的第一座最大的机械化竖井。2004年产量达到166.82万吨。2015年10月，矿井停产。2018年11月21日，王石凹煤矿列入第二批国家工业遗产名单。耀县水泥厂是东德设计，苏联援助建设，号称"亚洲一号"。后经多次扩建，形成年500万吨水泥的生产能力，是全国建材行业百强企业，陕西省利税大户和经济明星企业。该厂生产"秦岭牌"水泥并提供水泥生产技术服务，拥有"秦岭牌"水泥商标的许可使用权。企业通过了ISO 9001质量管理体系认证。"秦岭牌"水泥最大的贡献不是为国家创汇，而是确立了中国水泥生产的国家标准和水泥生产质量管理体系认证标准，简单地说，就是"秦岭牌"水泥的质量标准就是中国标准。

煤炭和水泥是铜川市的两大支柱产业，铜川市是中国腹地最重要的能源基地之一。1958年4月，铜川成为陕西的第二个地级市，第一个是西安。

除大型国有煤矿和水泥厂之外，改革开放之后，又出现了大量的乡镇企业和私营企业，经济繁荣了，百姓的日子也好过了。20世纪70年代起，耀县社办工业纷纷上马，演池、小丘、王家砭、楼村、稠桑、下高埝、孙原公社及铁一处劳动服务公司等兴办的白灰厂、砖瓦厂陆续投产。80年代，乡镇企业崛起，董家河镇白灰厂，孙原乡白灰厂，阿子乡白灰厂、砖瓦厂，柳林乡砖瓦厂，白瓜乡砖厂，石柱乡建材厂（生产石灰和砖）及县待业青年机瓦厂等建成投产。此外还有城关新兴水泥厂、孙原村东风水泥厂、寺沟村锦阳水泥厂等十几家水泥工业企业，1989年产量达到14.5

万吨，其中县办 6.08 万吨，占总产的 41.9%。集体、个体石料厂 65 户（1989 年）。1985 年起，稠桑乡、杨家河村等仿古建筑材料厂陆续建立，生产仿古砖瓦、脊兽等 14 个品种。

煤炭、水泥、石料等生产都是重污染企业，经济繁荣的同时也带来严重的环境问题和次生地质灾害。铜川人民在为国家输送能源的同时，也作出了巨大的牺牲。

1993 年，中央电视台在报道铜川市大气污染严重状况时，使用了这样一个标题：一座卫星上看不见的城市。据说卫星观测到的铜川市，被黑灰色的浓雾笼罩着，卫星图片上铜川市的位置模糊一片。铜川市以污染严重闻名于世。穿城而过的漆水河成为真正的"黑水河"，散发着刺鼻的硫黄与氨气混合的气味，有些河段还漂浮着黑色油星或白色泡沫。没有人敢下河戏水，若有孩子不小心将河水溅在小腿上，若香皂、肥皂洗不干净，只能用汽油来清洗。当地爱美的年轻人喜欢穿白衬衣，往往早上出去是白色的，晚上回来是浅灰色的。白衬衣必须每天清洗，穿着的时间稍长，衬衣领子、袖口等处就会出现黄色的污渍，即使用硫黄香皂也无法彻底清洗，以致铜川的年轻人中流行"假领子"，即一件衬衣配三四条假领子，领子随时更换，以保证衬衣的干净洁白。

白球鞋是 20 世纪八九十年代年轻人的标配。1970 年，铜川城镇人口占总人口数的 71.78%，城镇化程度相当高，工业发展促进和带动了区域内的农业发展。居民思想观念新，喜欢追求潮流。喇叭裤高跟鞋、牛仔裤白球鞋等都曾是年轻时尚男女的最爱，皮鞋好说，每天擦皮鞋是必需的。但白球鞋就难了，每天洗能做到，关键是洗不净，大家发现问题出在晾晒上。铜川的孩子们勤快能吃苦是出了名的，更何况是为了美和时尚。白球鞋清洗后要晾晒，放在室外，鞋子干了颜色也变了。空气中的煤屑、粉尘粘在半湿的白球鞋上，根本无法清洗。女孩子们的智慧常常体现在生活细节上，讲究的小姑娘们洗鞋晾鞋都有绝招，在洗净的白球鞋表面铺一层细布或者卫生纸，鞋子晾干后，揭掉覆盖物，鞋子依然干净白皙。这种办法至今还在网络上被当作生活小常识流传着。

许多采煤区还出现了地表下沉、塌方、地表水渗漏、地下水位下降等次生灾害，给老百姓的生产生活带来了很大的困难。照金一带山区，老百姓世代吃井水，20 世纪 90 年代后，很多井干枯了，人们只能向更深处钻探，以满足基本的生活用水。矽肺原本是煤炭、水泥等重工业企业员工的职业病，由于大气污染，域内居民肺病发病率逐年上升，很多人被疾病困扰。家在铜川的大学生们对大学宿舍楼的水管里一直都有水觉得疑惑，才知道别的城市是一天 24 小时供水。因为在铜川的很多厂矿生活饮用水一直是定时供应，以此保证工业用水的绝对优先权。走出矿区，离开铜川，成为很多年轻人的梦想，人才外流的情况越来越严重。铜川市的经济发展受到严重制约。

环境问题早已出现，铜川老城区地处狭窄的川道，城区仅有两条东西向的公路，道路中间漆水河穿城而过，城市发展空间很有限。1992 年 7 月，铜川新区开始创建。铜川新区在铜川市南部，距老城区 25 公里，规划面积 131 平方公里，方圆 200 平方公里范围内均为一望无垠的开阔平原，交通便利，自然环境优越。

2003 年 9 月，经国务院批准，铜川市政府驻地由王益区红旗街迁移至耀州区正阳路。2011 年 12 月，西铜高速公路通车，西安到铜川新区车程缩短至 30 分钟，铜川开始融入西安半小时经济圈和生活圈。

市政府搬迁后，老城区迅速败落，加上资源枯竭的煤矿陆续关停，企业职工分流到其他厂矿，一些老矿区成为"空城"。曾因矿难而"闻名"的焦坪煤矿 [1] 地处铜川市宜君县焦坪乡（今太安镇），2000 年，焦坪煤矿停产。玉华宫是焦坪地区重要的旅游资源，玉华宫是唐代著名的"离宫"之一，史载公元 648 年夏，唐太宗曾在玉华殿召见玄奘，询问译经情况，借以宣扬佛教。公元 659 年 10 月，玄奘由长安慈恩寺移居玉华寺翻译佛经。玉华宫是中国西部唯一集皇家避暑行宫、高僧成佛地、度假和冰雪旅游为一体的旅游胜地，距离耀州区陕甘边照金革命根据地纪念馆85 公里。传唱大江南北的歌曲《唱支山歌给党听》就诞生于焦坪煤矿简陋的工棚中。1958 年，署名"蕉萍"的诗歌《唱支山歌给党听》发表在《总路线诗传单》上，《总路线诗传单》由陕西省民歌整理小组编辑。这首诗被收入《新民歌三百首》，后被雷锋抄入日记。雷锋牺牲后，当时的《前进报》把这首诗当作雷锋日记发表，作曲家朱践耳为这首诗谱曲，才旦卓玛演唱，这首歌红极一时，至今被人传唱。词作者"蕉萍"即焦坪煤矿技术员姚

---

① 1975 年 5 月 11 日，铜川矿务局焦坪煤矿发生瓦斯煤尘爆炸，死亡 101 人。

筱舟^①。

位于铜川市印台区的鸭口煤矿因路遥而得名，是《平凡的世界》的孕育地，小说中大牙湾煤矿的原型即鸭口煤矿，路遥的弟弟王天乐是小说中主人公孙少平的原型，王天乐曾在鸭口煤矿当了5年井下运料工。为了创作，路遥先后两次下井体验生活；他还兼任铜川矿务局宣传部副部长，小说中煤矿工人安锁子、雷汉义等都是以鸭口煤矿的工人为原型的。雷汉义的原型是雷汉玉，1987年9月的一天，在雷汉玉陪同下，路遥第一次下井，井下巷道长而曲折，有时要上下坡，有些地方低矮得连腰都直不起来，路遥说没想到煤矿工人这样辛苦。雷汉玉当时是采煤四区的副区长。《平凡的世界》创作随笔《早晨从中午开始》是路遥对自己文学创作的总结，也是他的心路历程。面对多家杂志社的约稿，路遥选择在《铜川矿工报》首发。因为这篇随笔，《铜川矿工报》一时间竟然出现"洛阳纸贵"的现象。路遥逝世后，每年都有文学爱好者和读者自发地到鸭口煤矿去寻找路遥曾经的足迹。为留住当年路遥在矿区的经典记忆，保留小说中大牙湾煤矿的原型，在铜川矿务局的支持下，2012年3月，鸭口煤矿"鸭口·路遥文化展馆"项目启动，2013年10月展馆落成开放，街道旁还建有路遥文化广场。喜爱路遥的文学爱好者和读者，常常沿着运煤的专用铁路行走，沿着长长的、弯曲的铁轨，探寻路遥的创作足迹，感受路遥的文学情怀。2014年，鸭口煤矿停产，矿工分流后，拟

①1997年5月9日，《唱支山歌给党听》的三位合作者姚筱舟、朱践耳、才旦卓玛首次在"上海之春"第十七届音乐会开幕式上相见。

发展老工业区旅游观光项目。

在陕西内陆腹地，难道要出现废弃的"荒城"或"无人区"吗？矿区里一时无法搬迁的退休职工、老城区矿区附近的农村居民的生活问题以及环境修复问题怎么解决？

照金搭上了城市转型的快车

　　2004年，铜川市委市政府下决心根治环境污染，修复生态环境。先后关闭了400家环境保护不达标的小企业，拆除了落后的水泥生产线。铜川环境状况有所改善。2009年，铜川被确定为全国第二批资源枯竭城市，城市转型升级成为首要任务。国务院和省政府指导修编了《铜川市资源型城市转型与可持续发展规划（2009—2020年）》，省政府印发了《关于促进铜川资源型城市可持续发展的若干意见》，指明了城市转型发展的指导思想、模式路径和目标任务，全力支持和促进铜川市城市转型工作。十年来，铜川市初步形成了以装备制造、食品加工、中医药及养生保健、现代生态农业和文化旅游为支撑的多元化产业格局，成为"西部传统产业转型升级示范城市"。如今铜川全市森林覆盖率达到46.5%，市民出门平均430米就有一片休闲绿地。城市宜居水平跃居全省第一，2013年建成全国绿化模范城市。2017、2018、2019连续三年被评为"中国最具幸福感城市"。

　　照金镇区原有四家煤矿，铜川市城市转型期间，先后有三家被关停。照金村地处深山洼地，交通不便，加之气候温凉，一年只能种一季玉米，小麦一直靠外购，老区群众几十年来一直处于贫困边缘。《秦疆治略》记载："（耀州）山地土性阴寒，止宜种禾。"历史上，照金一带多半是移民，麦收时节，只能给山外平原地区的人当"麦客"，挣一点生活费，日子过得很艰难。1998 年退耕还林政策实施后，村民大多靠在附近煤矿打工增加收入，改善生活。煤矿关停后，老区群众就近打工的机会没有了，外出打工成为主要的经济来源。

1978 年 7 月，耀县革命根据地建设领导小组（后改耀县老区建设委员会）成立，老区建设正式列入议事日程。

为了缅怀先烈，教育后人，1993 年 5 月，陕西省委在照金镇隆重举行了陕甘边照金革命根据地创建六十周年纪念活动，并决定在照金镇修建陕甘边照金革命根据地纪念馆。项目由耀县县委县政府负责筹建，1996 年动工。耀县政府先后投资近 2 亿元，2002 年"七一"前完成了布展工程，2004 年 4 月正式开馆。馆址即当年 1933 年陕甘边革命委员会成立时的原址，也就是今天的 1933 广场。纪念馆是全国爱国主义教育示范基地、全国红色旅游经典景区、国家国防教育示范基地、陕西省省级烈士纪念设施保护单位。每年前来参观学习、缅怀先烈遗志的参观者及游客络绎不绝。

省市两级党委遵照中央部署，要让老区人民和全国人民一道进入小康社会。城市转型升级，要让每一个群众都有获得感和幸福感，最不能忘记的就是革命老区的群众。照金老区的发展进入了新起点，新阶段。

　　新中国成立后，照金的粮食产量稳步增长，老百姓的生活发生了较大的变化。但住房条件并没有得到根本改善，村民们大多住着破旧的泥坯房子，条件好的人家盖起了石板房。镇上有一条好点的公路，住在山里的村民，平日里走的路都是自然形成的土路，遇到下雨下雪就泥泞不堪。没有特殊紧要事，村民们一年也难得走出大山一次。但年轻人却渴望走出大山。直到 1977 年，照金村才通了电，这对入山里的群众来说是件大好事，孩子们再也不用在煤油灯下写作业了，鼻孔再也不会被熏得黑黑的了。即使每户人家只有一盏 20 瓦的电灯，依然难掩百姓的欣喜。老区的群众对家乡的任何变化都充满欢喜。夜晚回家，望见山间树丛处闪烁着的昏黄灯光，即使身处黑漆漆的夜色中，也感到格外温暖。

刚通电时，电压不稳，常常跳闸，供电质量差，供电最远半径是 2.5 公里，电线杆用的还是水泥方杆。有时跳闸了，村民们就得自己去推起刀闸。当时村民家里都还没有电话，大家只能找人捎话让住电线杆近处的人帮忙推刀闸。万一捎话的人忘了，停电的村民小组就几天都没有电。有些村民图省事，就在山上朝着对面喊，让人帮忙推起刀闸。山上的路，看起来不远，走起来却要好几里地。就像陕北民歌里唱的"牵不上个手手，咱拉话话"，陕北沟壑纵横，情人站在对面，能清楚地看到对方的眉眼，却无法牵手拥抱，见一面有时可能就要走十几里山路，所以人们只能通过信天游来抒发情感和相思。

电，带来了生活的变化，村里有了电磨子，磨面不用求人了。过去也用牲口推磨，但有驴的人家毕竟不多，许多村民们还得自己推磨。电磨子省人省力，村民们都很喜欢。磨面最怕磨一半突然停电，粮食在传送带上，还能收拾，在量斗里的没法收拾，就可能招来老鼠。过一两天来电了，机器突然运转，老鼠来不及逃离，就和粮食一起磨进去了。村民们想想都瘆得慌，磨出的面只好喂牲口。

1996 年，照金镇终于实现了户户通电，照金村有了专职的电工，供电设备也改善了，伙食店组、孙趄组、杨柳坪组共用一台 50 千伏安的变压器，电压稳了。遇到刮风下雨，电工就提心吊胆的，担心跳闸、出事故，滑坡会引起倒杆断线，有时为防止发生事故就限电。由于线路损耗大，电费没法统一，有时一度电成本核算下来要一元多，老百姓也有怨言。

第二年，铜川市供电公司开始实施农网改造工程，移杆架线，更换规范的水泥圆杆，彻底改造陈旧线路，更换黑胶线为铝导线，线路损耗大幅度降低。照金村一个村民小组有了一台变压器。1998年，照金供电所成立，对村民用电实现规范管理，村子实行一户一表，基本避免了停电现象。村民磨面、生活照明得以保障，大家也敢放心用电了。电力通畅，带来了诸多变化：通往山外的路越修越宽，大中型机械可以运进来了，很多人盖起了土木结构的瓦房，条件好些的人家盖起了砖木结构的瓦房，盖房的成本、工期也减少或缩短了，村民们致富的劲头更足了。

2011年7月27日，陕西省促进铜川资源型城市转型发展领导小组第二次会议确定了照金红色旅游景区项目。

2012年3月25日，国家发展改革委印发《陕甘宁革命老区

新修的通组公路（李清霞摄）

振兴规划》①。该规划分发展基础、总体要求、空间布局、交通建设、水资源利用、生态建设和环境保护、能源化工基地建设、特色产业发展、新农村建设、公共服务、改革开放、保障措施等12章。对老区发展进行全面规划，铜川市是规划范围中的8个地级市之一。照金是铜川境内陕甘边革命老区的核心地带，该规划加快了照金红色旅游景区项目的进展。

2012年5月14日，陕文投集团与铜川市政府、陕煤化集团在西安签署开发建设铜川照金红色旅游名镇的战略合作协议，并决定率先启动景区龙头项目——照金红色旅游名镇建设。

---

① 该规划范围包括：陕西省延安、榆林、铜川，甘肃省庆阳、平凉，宁夏回族自治区吴忠、固原、中卫等8个地级市，以及陕西省富平、旬邑、淳化、长武、彬县、三原、泾阳，甘肃省会宁，宁夏回族自治区灵武等9个县（市），总面积19.2万平方公里。

2012 年 6 月 6 日，陕西照金文化旅游投资开发有限公司正式组建，公司全权负责照金红色旅游名镇的开发建设，项目由西北建筑设计院总体设计。设计规划本着"全域化""生态化""主题化"①的核心理念，镇区、景区融合发展，坚持走"红色旅游、绿色发展"之路，村民就地拆迁，就地安置，充分就业，让老区群众分享现代化建设的成果。

2012 年 8 月 15 日，省委主要领导同志实地调研照金项目，强调要把照金项目建设好，让老区人民过上好日子。

2012 年 8 月 19 日，照金红色旅游名镇一期项目正式启动。

---

① "全域化"，即铜川市对照金镇区域内基础设施、产业布局、就业安排和生态环境保护等方面进行综合统筹规划，以此来降低土地和开放空间的无序消耗，注重用好当地的每一寸土地，走科学发展、集约高效、功能完善、环境友好、社会和谐、个性鲜明的城镇化建设路子。空间布局突出红色资源，以开发利用红色资源统领城镇化建设。"生态化"，即不推山、不砍树，最大限度地注重生态保护，绿化和美化环境，创造优美的生态环境，实现城镇化和生态环境的可持续发展。"主题化"，即强调红色即民生的发展理念。红色资源的优势决定了照金镇在推进城镇化过程中，要把保护革命旧址、城乡统筹发展和着力改善民生结合起来。

中　卷　>>

照金这十天

夜深了，空气中散发着丝丝凉气，月儿弯弯挂在天上，南玉常老人坐在门前的摇椅上，望着遥远的星空。远处传来隐隐的脚步声，老人知道儿子回来了。

南民政推门进来，看到父亲还在院子里等他。"大，还没睡？"

老人说："动静这么大，咋能睡得着呢？"

儿子略显疲惫，兴奋又似乎有些担忧。下午，儿子接到通知去镇政府开会，傍晚广播通知明天上午九点全体村民到照金宾馆礼堂开会，有重要事情宣布。晚上就有好事的村民到家里找南民政，想打探消息。从去年开始，村上常常出现外地人拿着图纸，开着轿车，在村子里和周围山上指指点点。看阵势，来的都是大干部。村民们听说这里要开发，看样子是真有动作了。

"啥情况？"

"这回比原来想的动静大，镇子整个拆了，重新规划建设，要建红色旅游名镇，开发旅游。明儿上午开始拆迁动员，上边要求镇子十天拆完。"

"十天拆完？这么多村民，怕不容易。"老人疑惑地说。

"咱这儿地气凉，上边着急开工呢。说是一年建成一个现代化小镇，赶进度呢，全部拆了重新盖。"

"那村民怎么过渡呢？村上的房子，各家各户都不一样，好的差的，还要审核还要评，哪能那么快？土改光是分地也没有这么容易。"

南民政说："规划、图纸，这些上面都弄好了。这一回不是政府出面，也不是个人开发，是由西安的陕文投公司负责拆迁重建，企业管理，效能高。村民的情况，人家事先已经摸底了，说是最大限度给老百姓让利，解决好老百姓的民生问题。咱跟前那个矿上停产了，矿上的职工宿舍被公司征用了。准备把没办法投亲靠友的村民安置到那里，条件简陋些，一户只能有一间房，临时过渡一下。明年8月给拆迁户分新房。"

"你看这事好弄不？有难度啊。"

"上边说了，老区建设是政治任务，要求村委会积极配合。我问人家拆迁之后村民怎么办，公司的人说小镇建好，成了旅游景点，需要的人很多，村民以后就跟城里人一样到单位上班，按月领工资。"

"都不种地了？那恐怕不行吧？"老人忧虑地说。

"土地都征用了，没地了，咋种呢？唉，我也觉得这步子有些快。"

"不论咋，政府都是为老百姓好。你是干部，思想上不能有包袱，好好跟公司的人配合。"

"大，你也甭想了。赶紧睡。"

照金宾馆的一间客房里，赵文涛还在沉思。作为照金公司的总经理，他要负责在明天的村民拆迁动员大会上讲话，给村民们讲解照金红色小镇建设的理念，动员村民拆掉自己世代居住的老房子，搬进安置房，等着一年后搬进新居。村民们能相信他这个陌生人说的话吗？党和政府把这个任务交给自己，自己和这个24人的年轻团队能交出怎样的答卷呢？杯子里的水早已冰凉，最近一段时间超负荷的工作已经让他的身体严重透支，他深知他的精神面貌直接关系着村民们对项目的认可度。他强迫自己闭上眼睛，当过教师的赵文涛突然觉得不知该怎么讲话了，如何让人信服？村民拂袖而去怎么办？村民当场反驳怎么办？他想起项目启动时论证会上陕文投的领导和省市领导的话，不要怕老百姓占便宜，我们建红色旅游小镇就是为了让照金革命老区的人民过上好日子，要舍得给老百姓让利，要让老百姓看到我们开发建设的诚意，让老百姓看到实惠，真正得到实惠。

在接受这项任务时，陕文投的领导让他提炼一下照金红色旅游小镇建设项目的核心理念，他结合照金的历史、现实，想了许久，终于想出"红色即民生"这一核心理念。照金有丰富的红色旅游资源，如何开发？主题如何设置？要打什么牌？照金是移民村落，村里没有什么有特色的老宅子，走红色与古镇相结合的路子不太实际。苦思冥想时，他突然想起当地的老人们说起的一句话："跟上红军有饭吃。"这是20世纪30年代"闹红"时流传很广的一句话。是啊，当年老一辈革命家在这里闹革命是为啥？不就是为了让老百姓过上好日子吗？我们今天开发照金红色旅游资源，不是同样的目的吗？他将这一核心理念阐释为："开发红色资源，传承红色文化，发展红色旅游，振兴老区经济。"2011年8月23日，在陕文投和省市相关部门的同志参加的一次座谈会上，他详细阐发了这一理念，得到与会者的肯定和接受。

陕文投董事长段先念被照金团队"红色即民生"的理念感动了，他的想法发生了改变。他带着赵文涛等人再次回到照金，站在照金的高处往下看，陕甘边革命根据地照金纪念馆是照金最高大宏伟的建筑，这座纪念馆是耀州区委区政府出资修建的，纪念馆四周都是破破烂烂的房子。当初接到这个项目时，项目组就想着在照金建个纪念馆、修个广场，以赶上将要举行的陕甘边革命根据地创建八十周年庆典活动。由于经费有限，耀州区承建的纪念馆展馆面积有限，无法容纳陕甘边革命根据地照金纪念馆的展品，参观游客容量也很有限，所以，项目组决定重新设计建造纪念馆。但如果光把纪念馆建好了，将来反差会更大。段先念说："咱提的是让老百姓受益，纪念馆建得这么漂亮，老百姓还是这么穷，那怎么行？"他当即决定并告诉同行工作人员，把视野里能看到的旧房子全拆了，要让老百姓都住上新房，还要让他们有工作，能挣钱。有人担心这样一来，投资太大了。他说："你这想法就像小脚女人一样，让老百姓沾点光怕啥？让你弄你就大胆弄，要把安置区建成镇区最漂亮的建筑。资金的事不用你们操心，你们就想着怎么把照金建设成一个现代化的小镇，让老百姓满意。"

拆掉镇区所有旧房子，村民的感情能接受吗？金窝银窝不如自己的狗窝，旧房子虽破，却承载着老百姓几代人的情感与乡愁啊。故土难离啊？！大家又聚在一起合计，旧房子都拆了，对祖辈的情感如何寄托。有人提出房子周围还得有山有水有树，有花花草草，这里有着村民们童年的记忆啊，"无伤痕开发"的理念就这样形成了。简单地说，就是在建设中最大限度地保护照金的原有生态，尽量保留每一棵树、每一片草地，因地制宜地进行规划建设，追求镇区景区与自然生态的完美融合，让景区的建筑看上去和从地里长出来的一样。小镇建成后，村民们搬进楼房，周围的山水树木还是原来的，只是居住环境、生活环境更好了，更干净整洁了。

想到这些，赵文涛豁然开朗：就是要想群众之所想，从老百姓的角度思考问题，把他们当作自己的家人。如果要拆的是自己家的老房子，自己会跟家人怎么说，明天就怎么跟村民说，相信他们一定能理解、能接受。

2012年8月23日上午，南民政招呼村民们落座、安静，他简单介绍了情况之后，就将会场交给了赵文涛。会场上，每个村民都领到了公司员工分发的照金红色小镇宣传手册。大家翻看着制作精美的宣传手册，会场上异常安静。通过大屏幕，他向村民们展示了照金红色旅游小镇的发展蓝图，纪念馆和广场还在原来的地方，只是规模要大得多，建得更雄伟壮观。纪念馆后面山坡上要建一座纪念碑，纪念馆前面是巨型雕塑，比现在的雕塑要大得多。将来广场依然是村民们开大会、休闲娱乐乘凉的地方，大妈大嫂们还可以在这里跳广场舞。小镇规划了健身馆，里面会准备各种健身器械，建设羽毛球、篮球、乒乓球等各种场馆，村民们可以在里面健身。看着画面上漂亮的楼群，公司的人说这是他们将来住的地方，水电煤气电视网络暖气等现代化家庭设施一应俱全，以后大家再也不用烧炕了。有村民嘀咕外面看着好，只怕中看不中用，一家人憋在那样狭窄的空间里，憋闷死了，哪像现在的院子敞快，出门见天，接地气。展示到照金牧场时，有村民沉不住气了，好好的地不让种庄稼，种草种花开牧场，以后吃什么呀？！会场里开始叽叽喳喳，有人小声议论着，不时传出孩子的哭闹声。赵文涛声情并茂地说："当年老一辈无产阶级革命家打天下就是为了让老百姓过上好日子，所以我们的口号就是'红色即民生'，要切切实实给大家办好事。小镇的建设工期是一年，我承诺，大家十天拆迁完，一年后，我们公司保证给大家一个新的家园，让每一个拆迁户都能住进新房。你们是这一片土地的主人，看我这一年带领的这个团队给大家做的这一点事，大家满意不？大家还有啥想法，有啥疑问，就在会场上提出来，拆迁安置工作队的同志给大家解答。"

看到群众的情绪被调动起来，赵文涛问今天是什么日子。有村民说："今天是开会的日子。"赵文涛说："是，今天是咱们开拆迁动员会的日子，今天是8月23日。大家记住这个日子，这个日子对照金，对在座的各位，是一个重要的、划时代的日子。记住这个日子吧，这个日子在照金的历史上发生了什么。你们记着，你们是这段历史的亲历者，我和我的团队从西安出发时，省委领导提醒我'照金老百姓的生活是第一位，改善民生是第一位的'。正是我们的先辈们付出了那么多，所以中央颁布了一个陕甘边振兴计划，咱们照金就是陕甘边根据地的中心，历史上为中国革命作出了巨大贡献的地方。中央不能让大家守着红色家园还过着穷日子，住着破旧的土坯房。这个项目就是要改变大家的生活方式，让大家一步进入城镇化。照金的将来还得靠大家共同努力。"

"小镇建设不仅是我们照金镇、照金历史上的一件大事情，也是我们每一个人、每个家庭生活的大事情。所以，所有问题的核心、重中之重，就是要把大家的这一种生活和生活品质，就业、未来的发展，子孙后代的生活一定要考虑到，一次解决到位。我们的生活方式、生产方式就要发生彻底改变了。"他把自己准备的东西一股脑地倾倒出来，他希望村民们能够理解他关于小镇的设想，曾经做过无数次演讲、培训的他，这一刻竟然有点迷茫了。一个村子几乎整体拆迁，虽说老区人民政治素质高，大局意识强，可这是拆人家的房啊，不管你说得多天花乱坠，拆了房，征了地，村民就成了无家可归、无地可种的"游民"了呀。他心里难免有些虚。十天完成整体拆迁，任务很艰巨啊，自己对上对下都夸下了海口。他给村民承诺，他会一直坚守在办公地点，村民无论白天夜晚，有疑问，都可以来找他，他会尽力解答解决。

村民们三三两两地离开会场，还有些村民聚在一起说着什么，也有村民在问工作人员自己关心的问题。南民政看到赵文涛颓然地坐在了椅子上，显得疲惫极了。公司的工作人员、镇村的干部们或站或坐，这些年轻的城里孩子眼睛红红的，女孩子虽然化了淡妆，却依然遮不住发黑的眼圈，他们太缺觉了！镇村干部也累坏了，这么大的工程，关系到村民们的切身利益，绝不能出现纰漏，他们和公司的工作人员都在密切观察群众的表情，群众的脸上有期待，有疑惑，有不安，甚至有恐惧。这次的动静确实有点大，不像之前开发煤矿、建造纪念馆、开发西街商业街、建造照金宾馆等，这些拆迁涉及的村民少，二三十户，战线拉得长，挨家挨户做思想工作，挨家挨户"谈判"，达成协议，补偿到位，才稀稀落落地拆迁。而今十天，两百多户全部拆迁绝不是一件容易的事。

傍晚，纪念馆前面的广场上，村民们聚在一起，孩子们在欢快地嬉戏着，往日里跳广场舞的大妈大嫂们也没兴致了，人们被这枚重磅炸弹炸得还有点晕，整体拆除，纪念馆也拆，平地重建，这工程量也太大了，一年能建设好吗？

"看，我早说有大举动吧，你还说我冒猜（意思是胡乱猜测）呢。从去年就老有大干部进村，光看人家那车队，前呼后拥地，阵势大得很。肯定是大工程。就是一下子把咱的旧房子都拆了，万一几年建不起来，咱们咋办呢？"

"人家公司的领导说小镇建成，咱们就是工人了，按时每天上卜班，户口是农村户口，干的活都是城镇人干的，咱女人家可以当酒店的服务员，餐厅的服务员，还可以自主创业。我喜欢大酒店，干净漂亮，风吹不着，雨淋不着。你想做啥？"一个衣着光鲜的30多岁的大嫂说。

"我不喜欢上班，不自由。我娃还小，我先管娃，娃大了再说。"

"给咱们安置的地方，谁去看了？咋样嘛？"

"看啥呢么，就是原来那工人宿舍，一间间房，碎碎的（意思是小小的），黑乎乎的。我媳妇说俺们回她娘家住去，我把媳妇娃安顿好，出去打工呀，谁跟我搭伴？"

广场上几堆人议论着，这变化一时还有些摸不着方向。看着纪念馆高大的建筑，有人说："这纪念馆也要拆，这房子新新的，公司人说规模不够，拆了重建，他还能把纪念馆建成故宫不成。"

"就是，我觉得这纪念馆就挺好的。不过，看人家的图纸，设计图，也确实雄伟。"

南民政家。七八个老人围在南玉常老人身边，七嘴八舌地说着什么。"事情就是这事情，昨晚民政给我说了，我觉得这是好事，政府给咱建现代化的小镇，你们担心啥？担心政府说话不算数，共产党啥时候把你饿死了。"老人说。

"俺们不是不信政府，就是觉得这全部拆了，浪费不？有些房子还能用呢么。"

"就是，原来要不是'闹红'，我跟我兄弟可能早都被饿死了。红军来了，分粮分地，日子才好过了。"

"老哥，你是没有去，这一回拆迁的人多，二百来户，耕地也占得差不多了。这辈子没地种了！你说年轻人上班，年纪大的人咋办？"

"人家不是说了吗，村上以后要建养老院，集体养老呢。"

"我不是不信，我是想跟我儿子孙子住一块，娃们日子好过了，咱们才能放心才能舒坦。"

南玉常老人说："是这，我让娃们叫民政回来，你们有啥不明白的，还是问他。昨晚上他们开会开到半晚上。"

南民政看到家里坐的老人们，笑着打招呼，给大家递烟倒茶。老人们把刚才的顾虑又给他说了一遍。他解释说整体拆迁是为了更好规划。现在看有些房子还不错，独家独院平板房，但将来别的地方都是楼房，设计风格都一致，这些房子看起来就会不协调了。村上也没有老宅子，老宅子是有标准的，年数、建筑风格、规模，或者在这院子里发生过历史性事件，像陈家坡、杨柳坪、红军开会、活动过的重要区域、场所，上面说了，这些都是文物，是要保护的，以后修缮一下，恢复原貌，让游客来参观。纪念馆，是前些年建的，不算旧房，但是展厅面积太小，容纳的参观人数有限，将来会影响旅游开发，所以纪念馆要"改扩建"，就是要建得更好些。有人说在旁边加盖场馆，一个是没地方，再一个新盖的和原来的建筑风格不同，很难融为一体。

正说着，又来了几个四五十岁的村民。南民政一看都是村上能人，来问有关拆迁补偿和拆迁期间的经济收入问题，有人房子新，有人房子旧，咋算价钱，一刀切，不公平，等等。南民政说："今天不是说了吗？都按现在最好的房子给你们折价，不计大家吃亏。"

"咱村头那个谁家，他屋那烂房跟我的房子折一个价，我不服气，我那二层楼才盖起来两年，是我半辈子的心血。一句话，就给我拆了。"

"你的房子确实好，我先问你，按人家说的政策，拆迁补偿给你少了没有？"

"那倒也没有少。就是……"

"你就是心理不平衡。建设红色旅游小镇，目的是让大家都富起来。你日子过得好，是你的本事。那些恓惶（陕西方言，意思是穷困潦倒）人不想富？也想，跟你一样想！国家通过这次开发，要让大家都富。咱这里是老区，老一辈闹革命是为了大家都富裕，都过好日子，不是为了哪一个人。对，那谁家的烂房，国家给补贴的标准，搁咱看确实给高了。但这钱不是从你钱包里掏的，不是村委会出的，是国家的钱。国家有整体规划，为了工期，为了统一管理，可能有些人占了些便宜，但是绝对没亏任何一个人，你自己算一下。"

"那我的小超市，他的饭馆，也关门？"

"这些，给你们都有拆迁补偿。超市、饭馆可以在西街找地方先营业着，小镇建好，你们可以在商业街租门面，将来游客多了，生意肯定好。你们还发愁，拆迁完一开工，搞建筑的工人都来了，你们还能没有生意？我操心的是那些靠种地生活的人，一下子没地了，没活干，人心就散了。时间一长，人越来越懒，生活咋办？"南民政耐心地解释着。

西街是前几年开发的一条商业街，街道不宽，两边二层小楼都是商铺，有些人家前半边营业后半边住人，是当时照金镇的"高档"商业区，主要服务镇上的干部和周边煤矿上的矿工。村民们的集市还是在街道两边。平日里，卖菜卖日用杂货的也是推个三轮车、架子车，或者一张塑料布在地上一铺，蔬菜、水果、日用品一摆，就开张了。天黑，没有人来了，东西一卷收摊。其实，就是地摊。

"书记，你说人家这城里人现在开个会，又是照相，又是录像的，把人弄得好紧张的。"

南民政笑了，"我说你们在会场上都不提问，底下开小会，到处议论，弄了半天，病在这里呢！"

几个人咧着嘴笑了，"对着镜头，问来问去的，显得咱没水平"。

"是这样的。现在给咱们开发的这个公司是新成立的，叫照金公司，专门负责咱照金的事情。人家总公司在西安，叫陕文投，名字长得很，会场上给大家都说了。总公司不光搞旅游开发，还拍电影拍电视剧呢，人家说照相、录像是为了记录小镇建设的过程。这是现在城里人的习惯，人家吃饭，出去玩，都拍呢！你们以后慢慢就习惯了。"

"书记，人家让明天去签拆迁协议呢，那咱签不？"

"签，我先签。大家思想上有顾虑的话，还可以再想一下。七天之内签的，都有奖励。"

2012 年 8 月 23 日，对照金人来说，注定是一个不眠之夜，生活要发生大变化了，村民们说不清是兴奋，还是担忧，甚至可能还有些期待。政府给大家展示了一个宏伟蓝图，蓝图上有人们做梦都想要的东西。原来看着电视上别的地方搞开发，村民一下子就富起来了，可人家都是在城市边上。照金，一个孤零零的小镇，离耀州区、铜川新区还有二十多公里，四周都是乡村，万一小镇建起来，来的人不多，以后的生活靠什么维持呀？！

南民政走出院门，他看到照金宾馆的灯亮着，四周村民家里的灯也亮着，月儿弯弯挂在半空，山影绰约，微风吹过，树叶沙沙作响。照金人心底的浪花被今天的拆迁大会激荡起来了，再看看村子的夜空吧，十天后，这里就要被推土机推平了。南民政不禁有些怅惘，这熟悉的道路，村委会的办公室，村上谁家挨着谁家，谁家新房上梁时他去喝过喜酒，谁家的房子下雨漏水无钱修缮，谁家新添了毛毛娃，等等。住到楼房里，村民们生活能适应吗？

天黑透了，照金公司的屈小军看看大门，外面静下来了，他想今天不会有村民来签拆迁协议了。8 月 19 日早上，他们一行人坐着大巴车，唱着歌，满怀憧憬，冒雨踏上通往照金的崎岖山路，他没有想到照金如此凉爽，已经有秋的气息了。满山青翠，奇幻的丹霞地貌，简单纯朴的村民，积极热情的村镇干部，既陌生又熟悉。熟悉的是人，他想象中照金人就是这样的；陌生的是照金的镇容，初进照金镇，街道上尘土飞扬，毫无特色，路边还散落着不少残破的土坯房，与他们来之前看到的图纸相差太大。二十几个人聚在一起办公，连领导也只是拥有一个隔档。办公区域的墙上挂着"大干 100 天，照金换新颜"的横幅，大家清楚地知道，10 月 20 日照金就开始下雪了，工程要赶进度，拆迁是第一步。工作环境与西安的陕文投总部相比，这里实在是太简陋了。当晚开工作会议时，大家在伤感之后达成共识，我们的使命就是在这片土地上建设起一座像图纸上一样美丽的现代化新城，这是我们的使命，也是我们的梦想。以后，我们可以带着父母、儿女站在纪念碑前，指着这座新城，告诉他们"我就是这座红色小镇的建设者"，我们见证了照金的巨变。

同事们都在忙碌着，今天的收获太大了，完全出乎大家的意外。171 户村民签订了拆迁协议，这一天简直像打仗一样，忙碌而有序。每一户村民的现有住房面积都要进行核算，镇上户籍部门的同志、村委会的同志、照金景区管委会的同志紧密配合，财务处的员工认真严密地计算，负责签署协议的同志耐心给村民讲解，还有搞宣传的同志给每一户签署协议的村民拍照留念。照金村沸腾了。

开完总结会，看着桌子上厚厚一沓"房屋征收协议"，赵文涛心里踏实了。绝大多数的村民已经签约，这个数字出乎他的预料，他原本想昨天才开动员会，今天能有三分之一的群众来签约就不错了。他给大家思想斗争的时间是 7 天，7 天之内签约的都有奖励。村民们很好奇将来的楼房是啥样子，厨房、厕所都在家里，卫生状况怎么样，会不会有臭味？会上，大家商议为打消群众顾虑，公司准备组织村民代表去周至、临潼等地的移民搬迁点参观，让村民们亲身感受一下自己未来的生活环境，要让群众心甘情愿地拆迁。

8 月 25 日，村民们开始陆续搬家。每户村民搬家前，公司的员工都会给他们在家门口拍一张全家福，留住他们对家的记忆。农村人搬家不是容易的，看起来没有什么大件，但是锅碗瓢盆、生产工具、衣物零碎等，啥都舍不得扔，看什么都觉得还能用。还没有入秋，为了过年养的猪还都是半拉猪，没有肉没有膘，杀不成卖不出去，只能想办法在安置区旁边搭个简易棚子先养着。人搬家，好说；猪搬家，可费了大劲了。四五个人把猪抓住，赶到铁框框里头，再用杠杆原理，合力把猪弄到农用车上，送到安置点，猪恐慌地号叫着，凄厉的声音在村庄回荡。屋里喂的看家狗、下蛋的母鸡、逮老鼠的猫等，都是村人生活中的伙伴，有些实在没有办法，就送给附近的亲戚，或者请人家临时帮忙看管。南民政也抽空把自己的老父亲搬到了安置房里。本来觉得父亲年纪大了，住在安置房里，生活多有不便，他就想在西街租个房子让老父亲住上。老人不同意，说："你是干部，要起带头作用，大不能拖你后腿。安置房，别人能住，我也能住。"沉寂了许久的矿区一下子热闹起来，充满了烟火气。小小的空间显得有些拥挤，有些村民把蜂窝煤炉子放在门外做饭，有些年轻人白天把煤气灶搬到门外做饭，晚上再搬回去。忙碌的人群里，南民政看到一个熟悉的身影，"雪艳，你回来搬家了？"鲁雪艳生了孩子后，一直住在西安妹妹家里，家里老人虽然没有说什么，但小两口总这样也不是个事。南民政是介绍人，总觉得不太美。雪艳乖巧地说：

"南叔，我回来帮忙搬家呢。"

"搬完家还走不？"

"娃小，我在这儿也没有合适的工作，过几天，安顿好，我就带娃回西安。"

"明儿，公司组织村民代表去周至、临潼参观新房呢，你也去看看。你这都是见过大世面的娃，给村上人参谋一下，咱村上盖多大房子合适，哪几种户型适合咱村里人。"

"能成，南叔。那我明天跟去。"

拆迁工作推进顺利，村民代表参观了周至楼观新区和临潼骊山新家园移民搬迁点民居之后，有了直观的感受。路上工作人员告诉大家以后咱们照金的情况要比他们还好，因为咱是景区与镇区合一，我们的安置小区也是景区的一部分，以后照金就是一个旅游景区，你们的生活也是景区的风景，你们将来是景区的职工，也是景区最美的风景。在大巴车上，大家设想了以后生活中出现的各种困难，以及解决办法。最后安置小区确定了60、90、120、140平方米四种户型，参观中看到有些家庭三世同堂住在同一套单元房里，有些年轻人还是有些忧虑，怕将来生活不方便。年轻媳妇们聚在一起谈论着，她们提出120、140平方米的户型需要两个卫生间，这样老人和孩子生活才能方便。雪艳想起在城里打工的时候，早上起来，姐妹们排队上厕所洗漱的情景。不过，她还是喜欢住楼房，干净敞亮。还有些年轻人在心里盘算如何说服家人，要两套小房子，跟老人分开住，少见面多稀罕。

晌午饭后，南民政正在跟父亲拉家常。老人很关心村上拆迁的事情，今天有一点空，他刚给父亲泡了一壶茶，说了几句话，门被推开了。有人进来了，忙不迭地说："书记，村子北边出事了，吵起来了。"

"为啥事吵呢？"南民政问。

"迁坟的事。有人说要去宾馆堵门呢。不知道谁说的，明儿有大领导要来。"

"你赶紧看去，甭出啥事情。"南玉常说。

南民政匆匆出门。老人望着杯中茶，突然有些伤感，儿子给自己也箍下墓了，按照新城镇的规划，墓地也在拆迁范围，自己的墓地跟祖先的在一块，也得迁。村上给划了新墓地，大家集体迁坟。新墓地是村上划分的，老墓地都是先人们找风水先生看下的，几辈人都葬在那里。当下就要迁，今年十月一的纸钱都来不及烧了。中国民间风俗，农历十月一是给祖先上坟烧纸的日子，像迁坟这样的大事，总要事先给祖先念叨念叨，征得祖先同意，选个好日子再迁，图个吉利。活人，事好办；死人的理，你给谁讲去。

"老人尸骨未寒，你说迁坟就迁坟，坏了我屋风水，冲撞了俺的祖先，谁负责任？"

"我屋那是新坟，你不能跟我们按老坟算补贴。"

"你们到底谁代表政府，公司还是管委会？我们跟你们主事的人说，跟你们年轻娃不说。"

南民政站在人群外没有说话，他想听听到底是咋回事，问题出在哪里了？

"都悄悄地，有事说事，把工作人员围到中间做啥呢？"

听到南书记的声音，村民们主动让出一条道。南书记指着一个粗壮的中年汉子说："你老人的坟是啥时候的，你不知道？村上人谁不知道？你们这些人谁没去给他家行门户？新坟旧坟由你说呢，国家有规定，你老人过世这么大事还能四舍五入？你祖先听见都替你脸红。"

"还有你，迁坟坏了你屋风水了。你祖坟风水那么好，你家出大学生了？你盖新房了？你发家致富了？看你这些年把日子过成啥了。好日子是干出来的，不是赖出来的。"

"谁代表政府？你想让谁代表政府？看看这些年轻的娃娃们，人家都是城里娃，跑到咱这山沟沟里搞开发，建设新城镇。你们还难为人家，你们的儿女呢？嫌村上落后，嫌村上穷，待到城里不回来。你们平时想见一下儿女孙子都难，做人要知道感恩。大家看看这些女娃，有一个穿高跟鞋的？这小伙胳膊都晒脱皮了。"

"各位乡邻，大家的心情我能理解，迁坟是大事，心里不舒坦，也是人之常情。大家想想看，咱的祖坟在那里那么多年了，祖坟是咱们的根。但是过日子要往前看，小镇开发是为了大家都能过上好日子，小镇建好，这些娃们都走了。咱们才是小镇的主人，以后还要世世代代生活在这里。人家为了啥？当年红军队伍里还不都是年轻人，江山就是那一代年轻人打下来的，咱村上这些老红军参加队伍的时候，还不都是十来岁，比这些年轻人还小呢。"

"那迁坟总要让人挑个日子，放个炮，举行个仪式啥的嘛。"有人悄声说。

"那你的意思还让政府给你举行个仪式，给你祖先三拜九叩，再给你买几挂鞭炮。"南书记冷冷地说，"迁坟的补贴政府有规定，三年内的新坟补贴五千元，旧坟按年份不等核算补贴。"

"我不是那意思，我就是那样一说。"

南书记面向众人，语气温和地说："村上有些事，公司跟管委会的同志不一定特别清楚，但是村镇干部是了解的，政策他们能掌握好，甭想钻人家的空子。凡事拿政策说话，拿文件说话，拿事实说话。不要胡搅蛮缠，不清楚的事情，可以找村委会，村上给你解决不了，也可以找镇政府。不要想那些斜的歪的。"

看到围观的人慢慢散开了，南书记说："有事的跟我去村委会，没事的忙自己的事情去。好好看自己的日子咋往前过呢。"几个年轻人感激地看着南书记，跟竞争对手、合作伙伴谈判，他们口若悬河，斗智斗勇；面对老区群众时，他们有时感到很为难、很无奈，也很无助。陕西人吵架时常说："我做了'啥脚倒鞋歪'的事了？拆你屋房子了？打你家娃了？"现在，不光拆人家房子，连祖坟都要让人家迁走，人家感情上接受不了，说几句重话，情理上也能说得过去。

照金的拆迁工作仅仅用了十天时间，这让照金公司的开发者很感动，老区人民相信党，相信政府，甘愿牺牲的精神感动了他们。2004年，陕甘边革命根据地照金纪念馆开放，吸引了全国各地的游客前来缅怀革命先烈的遗志，由此将照金红色旅游做大做强的想法越发明朗。2008年，铜川市委市政府开始对照金进行维修保护，重点保护薛家寨、陈家坡会议旧址、杨柳坪等革命遗迹。国家关于革命老区建设的规划，激励了铜川市委市政府。城市转型千头万绪，资金格外紧张，铜川市经过多方考察论证，提出了"政企合作、企业主导、政府服务、市场化运作"的开发理念。"政企合作"就是地方政府和企业合作开发照金景区，这是一个全新的开发思路。为了解决资金短缺问题，铜川市希望把照金景区建设当作一个项目来做，联合一些国有大型企业共同参与，和市政府共同建设照金景区。铜川市是资源型城市，开发建设旅游名镇没有经验，市政府决定采用市场化，将政府与企业联系起来，共同参股组建一家股份制公司，负责照金景区的开发建设。为此，铜川市专门成立了照金景区管委会，代表市政府负责整个景区的规划，为景区建设提供后勤保障。两家合作企业分别是陕煤化集团和陕文投集团，陕煤化集团在铜川境内有多家企业正在运营，铜川市的发展与陕煤化集团的利益休戚相关；陕文投集团是陕西省最大的文化旅游开发集团公司，实力雄厚，文旅开发经验丰富，拥有专业的团队。陕文投是大股东，派人担任陕西照金公司的董事长兼总经理以及一个副总经理。铜川市政府即照金景区管委会和陕煤化集团各派两个人进入公司核心层，陕煤化出一个副总经理、一个财务总监；照金景区管委会出一个副总经理、一个监事会主席。三方合作的模式是共同管理，董事会决议必须经过三分之二以上的董事同意才能生效，即每一家都有否决权。三家约定要最大限度地保证老区群众的利益，项目开发要考虑革命老区的长远发展。为顺应市场规律，照金公司有意识地把商业经营性项目与公共服务项目分开，像学校、医院、幼儿园等，建成后由政府争取政策性资金逐渐回购，相当于照金公司先为政府代建；有赢利前景的项目，诸如酒店、商业街、滑雪场等，市政府主动留给照金公司。

照金的开发建设是一个全新的探索，总体规划由西安市设计院统一规划设计，聘请各级各行业专家反复论证，并在拆迁

过程中广泛征求当地政府和村民的意见建议，对设计方案进行反复修改。在规划论证会上，照金公司董事长赵文涛感慨地说："10天，197户家庭，5万平方米，800多人基本搬迁完毕，没有一例伤亡，没有一例闹事事件，没有一桩遗留问题。9月10日可以全面动工。"拆迁速度称得上"绝无仅有"，照金老区人民曾经为中国革命作出了巨大贡献，今天为了照金的美好未来又作出了牺牲。有人提出广场北侧的小山包能否保留，按照规划这个小山包要推平硬化，与广场连成一片。在照金的这段日子，照金公司的工作人员也喜欢上了这片茂密的小树林。早上，有村民在那里晨练；傍晚，有孩子们在那里嬉戏玩耍；夜晚，有青年男女在这里约会。设计人员深受感染，决定修改设计方案，留下这片充满欢乐与记忆的小树林。广场建设后，设计者在这片小树林里建造了精美的小别墅，别墅里住着一群洁白的鸽子，它们象征着和平与美好，它们既是照金的风景，也是照金的居民。

照金这十天，变化的是自然景观、镇区风貌，更是生活理念和生活方式。照金公司的工作人员努力为村民们描画着未来生活的图景，他们把照金的开发理念、照金的美好蓝图、照金这十天来的巨变，用精美的图片、生动鲜活的语言呈现在村民面前。每一户村民都领到了制作精美的《照金这十天》的小册子。小册子中有一首快板，形象地描绘出照金人未来的生活景象：

照金新苑我的家，水电气暖全通啦！

千亩牧场后山坡，游人骑车身边过。

纪念广场宽又亮，任你跳舞把歌唱；

孩子上学莫操心，吃饭住宿长学问。

创意街区花样多，洋人看了也咋舌；

从今认真学文化，可别让人笑话咱。

只要友善心地好，游人如织送元宝；

从此过上好日子，谦和勤俭乐陶陶。

村民变股民

　　带着对美好生活的憧憬，村民们搬进了临时安置点。看着自己从小居住的房子在机器的轰鸣中变成一片瓦砾，还是有老人流下了眼泪，有人不忍看下去，转身离去；有人依依不舍，含泪凝视。拆迁的村民都拿到了拆迁补偿款，短时间内生活应该没有问题，但老人们觉得心里空落落的，钱总会花完，土地才是根本啊！临

深山里的居民安置房（张航智摄）

时安置期暂定为 18 个月，政府给拆迁村民每人每月 200 元的生活补贴。村民信伍奎一家四口，领到 14400 元。信家主体建筑折合人民币 118500 元，附着物折价 19710 元，拆迁奖励 19784 元（7 日内），加上其他费用，他们将领到总拆迁费 200402 元。签订拆迁合同之日，照金村付给拆迁户全部费用的 40%，拆迁完毕付给全部费用的 40%，验收后付清 20%。政府核定的安置房回购价为每平方米 1260 元，按规定每人可回购 30 平方米，信家可选择 120 平方米的户型，回购费用为 151200 元，信伍奎一家还能结余近 5 万元用来购置家具，发展生产，提升专业技能等。房子是精装修，装修费用不必核算。其他村民的情况大致差不多，有经营用房的按照相关规定进行补偿。30 平方米安置房之外，每个村民还有 10 平方米的商铺，商铺由村民自己认购，属于村民所有，照金公司再从村民手中租用，统一管理，收取租金，村民年终享受商铺分红，这是村民的一项稳定收入。

很多村民一辈子也没有拿到过这么多钱，看着这些钱，心里竟莫名地恐慌，觉得无所适从。有一个村民，拿到补偿款后，沉迷赌博，一个月就输掉了 8 万元，家里人百般劝诫，他都听不进去。有些村民看到村上一下子涌入这么多建筑队，就想在建筑队里找活干，挣点生活费。由于工程质量要求高，又要赶进度，工程队大多带足了技术工人和熟练工人，不需要大量的小工，用工机会并不是很多，这使村民们产生了恐慌心理。有些村民开始商议外出打工。

秋天，正是照金核桃丰收的季节。2012 年 9 月 15 日，"照金村"

牌核桃油开始原料收购。这是照金公司为发展照金生态农业，专门注册的品牌。照金村主要经济林木是核桃，照金核桃是当地的老品种，俗称"夹瓢核桃"，这种核桃皮不好剥，有时要拿针挑着吃。近年来，新疆薄皮核桃销路很好，对照金核桃冲击很大，照金核桃卖不上好价钱。但照金核桃出油率高，口味佳，照金公司注册开发了"照金村"牌核桃油、亚麻油等产品，提升了照金核桃的品质，核桃油价格是核桃价格的十几倍。当年，公司收购价格高于市场价格，村民的核桃收入明显比往年高。9月26日，"照金村"牌核桃油、亚麻油和红色创意产品出厂、入库。村民们看到金黄清亮、包装精美的核桃油、亚麻油包装上耀眼的"照金村"几个字，难抑欣喜之色。照金人终于有了自己的品牌。照金红色旅游名镇建成后，照金的品牌知名度越来越高，淘宝上"照金核桃"也以味香果大受到网友好评，"夹瓢"反而成为标识和特色。

短短一个月里，"照金村"牌农产品，包括核桃、杏仁、松子等干果，创造了销售8000余套的佳绩，产值达到620余万元。村民们没想到自己生产的农产品竟然变成这样的高档礼品。第二年4月5日，一年一度的西洽会在西安召开，"照金村"牌红色农产品和创意产品进入展区，受到客商和市民的关注。村民们没有想到，他们的农产品经过加工还成了品牌，价格是原来的好几倍。

2012年9月17日，村民签署了土地流转协议。随后，每一户村民都收到了一份"自愿入股告知书"，公司的人告诉他们，他们都有机会认购照金村成立的旅游公司的股份。入股的农民就是公司股东，年终参加公司的分红。这种事情，他们在电视上看到过，电视上演的是戏，生活中真能兑现吗？他们心里实在没有底。村民入股成股民，对世代在土地上耕作的农民来说，是新事物。有儿女、亲戚在外面工作、上大学的家庭，赶忙打电话问这事是否靠得住。钱拿到自己手上，心里还是踏实。但是，钱花完了怎么办呢？这一段时间，照金村的村民像被鞭子赶着一样，吸纳着各种新理念，接受着各种新事物。心被搅起一阵又一阵波澜，很多人一时还适应不了。

21 日，村委会和照金公司召开了陕西照金村红色旅游发展有限公司（简称照金村集团）入股动员大会，赵文涛在会上讲了照

清澈的小溪（闫新民摄）

金村发展集体经济的可能性和发展前景。他说："包产到户把地分成了一片一片的，村民各扫门前雪，人心也慢慢散了。建设红色旅游名镇，成立照金村集团，就是要把大家的心重新聚在一起。大家是休戚与共的整体。"土地流转和村民入股是保证村民可持续收入的方法中的一种。他们试图通过"股份化"的形式，"市场化"的运作，重塑村民的"集体观"，消除村民们心理上的"地畔"。南民政在会上说："这个公司建成后就叫照金村集团，是咱照金村村民的公司，公司挣了钱，年底给大家分红。"村民们终于搞清楚了照金村集团的性质、资金来源、盈利模式等问题，村集体将投资 420 万元，这些钱是村集体所有的土地流转的费用，虽然有村民要求将这笔钱按人头分给村民，但考虑到照金村的长远发展和村民未来生活的保障，村委会决定用这笔钱投资成立照金村集团，并鼓励村民自愿入股。

村民们刚刚拿到拆迁款，手里并不缺钱。看着照金公司和村委会的人滔滔不绝地讲着入股的好处，村民的表情变幻着，有向往、有疑惑、有漠然。有村民私下说公司都是老板的，啥时候还能成为村民的呢？你看照金的煤矿哪一家不是私人的？哪一家煤矿是村集体的、村民的？现在哪里还有集体经济啊！听的时候热情高涨，真到认购股份时，没有人吱声了。南民政知道村民不相信，他第一个站出来说："我认购五万元。"随即填写了《股份认购书》，有几个村民也表示愿意认购，但是数额还要回去跟家里人商量一下。照金公司的工作人员当即表示，大家可以回去跟家人商量，也可以问问亲戚朋友看入股靠谱不靠谱，后面这几天会有专门的工作人员负责这一工作，大家想通了可以随时来办手续。认购了想要反悔，公司立即给办理退股手续。

听说儿子入了五万元的股份，南玉常老人没有说话，这事，他觉得离自己真的很远，儿子入股自然有他的道理。他问：

"村上入股的人有多少呢？"

"不多，我看大家对股份制形式还是没有信心。"南民政摇摇头说。

"是不是走得有些快，村上人一时可能还跟不上。发展集体经济，我是一百个支持。"

"股份制，在东南沿海农村已经发展得很成熟了，在咱这里，还是新生事物。"

27 日，为了活跃群众生活，照金公司邀请西安易俗社进行秦腔惠民演出。在丹霞山下的临时安置区，秦腔名角在帆布搭成的帐篷里化妆准备，在简易舞台上，惠敏莉等演员表演了传统折子戏和现代歌舞，村民们搬着自家的小板凳，在自家门口看到了过去只有在电视上才能看到的名角的演出，感觉自己的生活离城里人的生活越来越近了，正在发生着深刻的变化。

照金团队有一个理念就是"城镇化是人的城镇化，是文化观念的现代化。"什么是文化？"文化就是对他人的在乎。"赵文涛说得很朴实。在照金，文化就是在乎、尊重村民的想法、村民的需求。10 月 13 日，照金公司和媒体记者采访了照金镇 90 岁以上的老红军，听他们讲革命历史，了解他们对红色开发的意见建议，询问他们生活有什么困难。

10 月 14 日，陕西照金村红色旅游发展有限公司正式成立。从入股动员大会到公司正式成立，二十多天时间里，先后有 39 位村民入股，反反复复的情况时有发生，入了退，退了入，金额也是变来变去的。截至公司成立前一天，共有南民政、王春玲等 37 名村民入股，合计金额 79 万元，加上集体股份，共计 499 万元。这个数字虽然吉利，但核算起来不太方便，说起来也不好听。大家面面相觑，南民政说："那我再入 1 万元，凑个整数。"第二天，公司成立大会上公司注册资金为 500 万元，公司董事长南民政，公司即村集团由照金公司托管，托管时间为三年。托管期间，村集团的运营管理由照金公司全权负责，董事长南民政只出席董事会，重大问题可以代表村民发表意见。三年后，视情况再定是

照金牧场的观光小火车（成晓宇摄）

否继续托管。

公司成立之初，仅有陕西照金村生态农业发展有限公司一家，随后成立了陕西照金村景区运营管理有限公司和陕西照金物业服务有限公司两家子公司。后来随着二期项目的开发运营，又成立了陕西照金村园林绿化发展有限公司和陕西溪山假日酒店管理有限公司两家子公司。集团业务涵盖生态农业开发、药材种植、景区管理、商业管理、物业管理、园林绿化、劳务派遣、市政维保、酒店管理等。通过多方融资，村集团注册资金也增至 1000 万元。

动员村民入股的同时，照金村集团开始面向全社会招聘员工，后来成为村集团副总经理的卫振哲就是在西安看到招聘启事后，抱着试试看的心理来到照金，没想到，来了之后就被照金的自然美景和火热的建设场景感染，不仅留了下来，还找到了自己心爱的姑娘，把家安在了照金，小日子过得红红火火。村集团还招聘了大批本地员工，为村集团以后的自立运营储备人才。村民们入股犹疑，应聘却很积极。很多村民打电话叫自己的儿女亲戚回来应聘。有个小伙子在外地打工，学会了水电维修，听说家乡要开发，就到村集团来应聘水电工。村民任巧玲婆媳俩都是村集团的员工，儿媳妇本来在深圳一家酒店打工，听说家乡的酒店要招聘新员工，就回来在酒店工作了。任巧玲是村上的利索媳妇，陕甘边革命根据地照金纪念馆改扩建前，她就在纪念馆做保洁工作。村集团招聘时，她在一家工地给工人做饭；听到招聘消息，她第一时间就来应聘了。她是村集团成立当天开始工作的，是村集团的元老了。

照金村集团成立六年来，经济效益和社会效益同步稳定增长，已经实现了连续六年分红，分红比例从最初股本金的 10% 上升到了 12%，累计分红金额达 370 多万元，向全体股东及老区群众交上了一份满意的答卷。

马儿悠闲地吃草（闫新民摄）

参加培训去

实现城镇化，启智先行。规划设计照金红色旅游名镇时，省市领导多次指示要把民生放在第一位，要把老百姓的生活放在第一位，这是老区建设的根本。"培育农民自治发展"是一个美好的愿望，通过什么方式实现这个美好愿景，镇区与景区合一、持续培训教育是两大举措。照金团队考察了很多红色旅游名镇开发的案例，发现很多景区为了保证旅游景观的完整性，都把村民易地搬迁，居民区和景区隔离开，村民没有归属感，有些村民认为景区是人家公司的、开发商的，跟老百姓没有关系。村民文化水平相对较低，只能在景区做保洁、看管车库等简单工作，老百姓的生活没有得到根本保障。照金团队大胆提出镇区与景区合一的建设思路，让老区人民住在景区里，景区就是自己的家，谁不爱自己的家呢？当村民把景区当成自己的家园来建设、来爱护的时候，景区的未来才会更美好。持续培训教育是为了提升农民的就业创业能力，改变生活生产理念，增强农民摆脱贫困、勤劳致富的内生动力，让农民成为市场经济真正的主人。

照金和中国很多农村一样，年轻人大多出去打工了，村庄出

照金干部学院（闫新民摄）

现了"老龄化""空心化"现象。照金村集团首次招工是面向全社会的，中层以上管理人员基本是外来务工人员，具有一定的工作经验和基层管理经验；技术工人中有一部分是外地打工回来的年轻人，其他人多是外来务工人员；村民来应聘的人也不少，招聘人员一问，你有什么技术？原来干过什么？现在想应聘什么工作？村民们一脸茫然。公司管理层迫切意识到技能培训必须跟上，否则，村民们真的要和开发者离心离德了。

2012年11月18日，陕甘边革命根据地照金纪念馆封顶，村民们扭着秧歌在广场上庆祝，照金的建设者们齐声欢呼"封顶了"。寒冷的冬夜，漫天的焰火映照着他们喜悦的笑脸。

随后，照金小学、安置区第一栋居民楼、照金干部学院等建筑相继封顶。开办培训班的事也在紧锣密鼓地进行着，免费培训，培训合格优先安排工作。这些看起来诱惑的宣传，对习惯了面朝黄土背朝天、世代耕作的村民来说，并没有太大的吸引力。根据村委会的决定，60 岁以上的失地农民，村上不负责安排就业。60岁以下的失地农民都有参加免费培训的资格。南民政和村委会的同志把目前在村里的村民名单放在面前，大家都犯难了。年轻的、能干的，要么外出打工去了，要么有自己的事做，开饭馆的，开商铺的，有手艺的，包工程的，等等。留下来的都是靠种地或给人打零工生活的村民。这些人文化程度普遍较低，大多数是初中或小学文化程度。从年龄上看，35 岁以下的人没有几个，大多数是 40 到 60 岁之间的。这些人离开学校的时间太久了，三四十年没有进过教室了，还能坐下来学技术吗？学得懂吗？这些都不重要，村委会的同志们担心的是怎么把这些人弄到教室去？

几十年一成不变的生活，难免使人产生惰性，有些村民表示自己习惯了种地，自由；老了老了，还要受人约束。上下班要定时定点，还这纪律那规章的，不干！有人说，人过三十不学艺，我 50 多岁了，就指望儿子养活我呢。村委会的同志劝道："咱才 50 多岁，就指着娃给咱养老呢。你想一下，以后日子好了，人都活八九十岁，还有三四十年呢，你天天坐屋里看电视呀。咱不能给娃们添负担。"但仍有些村民坚持老观念，认为养儿防老，有地种地，没地了就让儿女养老。

在农村，50 岁的妇女基本上都当婆婆有孙子了，她们中的大多数人就不再愿意走出家门务工了，在家带孩子，轻车熟路。工作实在不好做。

情况摸清之后，村委会决定两条腿走路：一是动员留在村上的 40 岁以下的村民，指导他们规划小镇建成后的职业和人生，帮助他们选择合适的、力所能及的工作，让他们认识到教育培训是就业的第一步，这些人慢慢带动身边的人和周边村落的村民；二是动员村上在外务工的年轻人回乡就业创业，一栋栋高楼拔地而起，震撼着村民们。家乡的变化让老人们对未来美好生活的憧憬变成了"实物"，儿孙绕膝，一家人住在一起，共享天伦的梦想越来越近了。

中午休息时间，村干部带着村民们去看建筑工地，工人们穿着整齐的工作服，坐在简陋的工棚里吃饭休憩聊天，虽然面有倦色，但精神饱满，阳光向上。大家渐渐意识到美好的家园让国家给咱建好了，以后谁来管理呢？镇子建得这么好，如何保持清洁？游客来了，谁招待呢？村民的转变是潜移默化的，报名参加培训的人越来越多了。

12 月 6 日，照金红色城乡统筹就业创业培训基地揭牌，第二天，培训班开课，村民们听取的第一课是对他们未来职业的规划。首期开设的是酒店管理班和手工艺品班。酒店管理主要是前台、客房、餐厅、厨房、布草、保安等部门的服务，技术要求相对较低，学员学习不会太吃力，应用范围广，容易产生成就感。手工编织起点低，心灵手巧的农村妇女大多有一定的基础，看着五彩缤纷的丝线、棉线、毛线在自己手中成为精美的艺术品，培训班里大妈大嫂们脸上笑开了花。过去编织是因为买不起成品毛衣，为了省钱，现在编织是为了挣钱；过去编织讲的是结实暖和，现在编织讲的是图案精美，款式新颖；过去编织是为了糊口，现在编织是为了创业，为了更加美好的新生活。剪纸、绣花、编织，美好的生活就绽开在自己的手中。在培训班里，大家的目标是一致的、单纯的，课间课余大家不再家长里短，而是探讨所学的知识和技艺，女学员们切磋编织技巧与交流心得，互相化妆，纠正体态身姿，大家一起打闹嬉戏，仿佛回到了童年，回到了学校一样。团结协作的意识悄然产生，大家渐渐意识到以后不再是在自己家的责任田里单打独斗，要大家互相协作，共同管理一个酒店、一个加工厂、一个景区，每个人都是企业的一员，都负有责任和义务。缺任何一个人，企业都无法正常运转。2013年2月21日，照金红色城乡统筹就业创业首期培训班结业，学员们将成为照金自己培训的第一批持证上岗的员工。

根据一期工程建成后急需的员工类型，基地又陆续开设了园林绿化、景区管理、市场销售、手工艺品、物业管理、酒店管理等6个技能方向的培训班，共计340多位村民参加了培训，并获得了铜川市就业局颁发的技能培训证。拿到培训证的村民，照金公司和村集团将优先录用。

村集团第一批录用的员工，虽然大多是熟练工人，村集团还是对他们进行了分期分批的岗位培训，以便他们更好地开展工作。学员们在培训班学习专业技能的同时，酒店管理要学习酒店工作礼仪，身姿、神态、微笑等都有专业老师培训，这些农村女孩子和年轻媳妇们学会了化妆、接受了形体训练，穿衣服更讲究更有型了，姿态越发优美，走在路上像骄傲的小天鹅。她们坚信自己将来是酒店的员工，酒店的招牌，以后将要在星级酒店工作，再也不用风吹日晒，下雨两脚泥了。她们意识到化妆礼仪是对他人的尊重，是工作的需要。女人永远是这个世界上最亮丽的风景。参加培训，不仅能学到专业技能，还能改变人的思想观念和生活方式。

榜样的力量是无穷的，第二批第三批教育培训班开班时，招收学员不用村干部去动员了，主动去村委会、村集团、基地咨询的人越来越多，有些人还要求村干部有培训班时记得通知自己。各类培训班涌现出的优秀学员，还有机会前往省内外园区学习交流，分享就业创业经验。截至2018年底，基地累计培训人员6000余人次，其中有1200余名群众取得陕西省就业创业培训合格证。教育培训之外，结合老区实际，基地广泛开展青年读书会、最美人物评选、技能大比武、创业大赛等活动，提高群众的参与意识，转变群众的精神文化风貌。这些精心设计安排的职业技能培训，使村民们很快适应了新的工作环境，可以胜任物业管理、景区管理等工作，掌握了生态农业技术，还有不少村民通过手工编织等技能实现脱贫增收。

我想把户口迁回照金

2012 年 12 月 15 日，照金红色旅游名镇建设项目全部主体封顶。

照金冬季寒冷，气温最低可达到零下 28 摄氏度。2013 年春节前夕，天气寒冷，有些工地已经停工了。照金姑娘朱锦从新疆打工回来了，眼前是一片巨大的工地，到处是工程车、脚手架和工人们忙碌的身影，还有空旷处搭建的临时帐篷。她找不到回家的路了。她这才想起妈妈在电话里说，到村口打电话，妈妈来接你回家。

朱锦在妈妈引导下，穿过一个个工地，看着已经封顶的一栋栋楼房，她脑海里仿佛在过电影，离家时镇子里最宏伟的建筑就是纪念馆，三层以上的楼房都不多，周边还有不少土坯房。镇子上只有一条主街道，山脚通往村民家的路大多数是土路。红色旅游名镇建设的事，妈妈在电话里跟她说了好多次，这么大规模的建设出乎她的预料。从封顶的这些建筑看，完全是一个现代化小城镇的建构啊。

成为村集团讲解员后，朱锦才了解到她当时看到的只是一些正在建设的公共设施和基础设施。照金红色旅游名镇的最初构想是要把照金建成国家一流的红色旅游名镇，公共设施和基础设施都是按照5A级景区的标准设计建造的，基础设施是按照3万人标准设计的，常住人口7000人，流动人口23000人。上下水管道、电力设施、天然气容量等都是按照3万人标准设计的。二期工程投入使用前，天然气使用量还没有日常维护仪器仪表运转所需要的气量大。朱锦的父母住在照金村前些年开发的商业街——西街，她爸爸是村上的医生，诊所拆迁后，他在西街找到一间门面房，把自己的诊所暂时安置在这里。乡下医生靠的是口碑，看病兼卖药，镇子上最多时参加建设的工人有5000多人，建筑工程队没有随队医生，大病回总部或者到耀州区医院，小毛病就在诊所解决。拆迁对朱锦父亲的诊所来说，倒是一个机遇。

女孩子没有方向感，容易迷路。卢建欢，这个28岁的大男

村民之前住的土坯房（李清霞摄）

人也找不到回家的路了。卢建欢是个斯斯文文的小伙,他在西安的一家公司打工,有半年没有回来了。拆迁的事,父母告诉他了,家里人手多,就没有叫他回来。听说家里的土坯房拆掉了,安置房今年8月份就能住上,按照拆迁补偿标准,他家分到了两套新房,他是打心眼里高兴。西安的同事大多知道照金是红色老区,也有人参观过照金纪念馆,说他生在了好地方。

2003年,他18岁就外出打工,在西安、四川等地打工,十年间,他勤勤恳恳,学到了机电维修的技能,看到家乡的变化,

水光山色(闫新民摄)

卢建欢的心思活络了。父母跟他商量，村上现在有两家公司，照金公司是国有企业，村集团是集体企业，两家公司总有适合你干的活。卢建欢在外面打工多年，在建筑工地四处看看，心里大致有了谱。春节期间，跟同学朋友见面后也聊起照金的未来，他们算了一笔账，在照金工作，他这样的技术工人工资不到 3000 元，看起来比西安市少很多，但不用租房子，一日三餐都可以在公司食堂吃，公司还发工作服，免去来回的交通费等，纯收入可能还比在城里高些。一帮年轻人决定留下来，在家乡就业创业。听说照金公司隶属的总公司是陕文投，这更坚定了卢建欢的信心。陕文投在曲江，是大企业，如果将来不想在照金待了，还有机会申请调到其他分公司工作。怀揣梦想，他参加了基地举办的教育培训，拿到了技能培训证，应聘到照金公司，负责机电维修，学有所用。与镇区同时建设的，还有照金红色旅游专线，铜旬高速公路也在计划设计中。卢建欢看到了照金的前景，也看到了自己未来的幸福生活。

如今，卢建欢的媳妇在商业街开了个文具店，商铺是成本价租的，镇上还补助了他们 2000 元创业资金。家里的 5 亩地流转了，每年有 2500 元收入，加上村集体的分红，日子过得红红火火。下班了，卢建欢顺路到妻子的文具店去帮忙，远远地看着熟悉的店面，他仿佛做梦一般，这两年，他的日子改变比"照金速度"还要快啊！从失地农民成为照金公司的员工；从墙皮斑驳的土坯房搬进了现代设施齐全的单元房。他深刻认识到是老区建设项目给自己的生活带来了巨变，党的好政策，让他实现了人生的飞跃。

在新起点上，只要努力，日子会越过越好的。他的步伐越发轻快了。

人常说，村子富裕与否，别的不看，光棍比例就是一个重要指标。2015年春节前，村里的11个光棍都娶到了媳妇，生了娃。

过去，照金人娶媳妇时，女方都会问你家在耀州区有房子没有？现在不同了，订婚前，女方会问你家在镇上有房子没有？照金的幼儿园、红军小学的硬件设施、教学质量比耀州区的大多数幼儿园、小学都要好。小镇正式运营后，2013年底，村集团就给户口在照金村的村民按股份分红了。照金镇派出所遇到了新问题，这两年，每年都有好几个年轻人回来问：我父母户口都在村上，我的户口能不能迁回来，在家乡好好发展？有老同志开玩笑说：你现在回来晚了，安置房分完了，没有房子了。有年轻人表示，父母都在这里，他们可以在照金公司和村集团上班，顺便照顾父母。小镇开发之前，照金镇每年都有十几个人把户口迁出去；开发后，是有人要求回迁。这也不能怪村民短视，老百姓都想过上好日子，这是人之常情。

照金的变化引起了社会的广泛关注，《人民日报》的《美丽中国·寻找最美乡村》栏目发现了照金[①]，文中赞叹照金这些年的变化，称赞红色照金是"红乡穿着花衣裳"。红色是照金的魂魄，黄色是照金的脊梁，绿色是照金的血肉。前些年，退耕还林，照金周边的山上种植了油松、水杉、侧柏等绿化树种5万余株，加上之前的核桃等干杂果经济林木，照金的森林覆盖率达到85%。生态环境改善了，山鹿、野猪、狐狸、野兔等，常在山里出没。文中写道："美丽的山川，造就了美丽的乡村，也给了人们追求美好生活的动力。伴随着住房、学校、医院，还有陕甘边革命根据地照金纪念馆拔地而起的，是照金人的精神。"照金人精神风貌与生活理念也在发生着转变，"转型中的照金，田园牧歌犹在耳畔，幸福生活铺就眼前"。

2013年5月21日，照金户外徒步季运动正式启动。照金人迎来了红色旅游名镇开发以来的第一批游客。

这次活动的发起人是照金商业街绿蚂蚁体验基地的蒲伟，蒲伟是陕西民间登顶珠峰第一人，绿蚂蚁野外用品创始人，在徒步运动领域具有广泛的知名度和号召力。岁末年初，他两次到照金

---

① 姜峰：《照金：红乡穿着花衣裳》，《人民日报》2013年1月5日。

香山红叶（王嘉琪摄）

阳光普照，遍地是金（成晓宇摄）

照金牧场的小路（闫新民摄）

丹霞地貌（闫新民摄）

考察，照金的山形地势、丹霞美景、天然氧吧等与他设想中的山区户外体验中心的蓝图相契合，山秀而不险，山底有自行车道，山间有徒步小路。建设中的照金红色旅游名镇，现代化的基础设施，照金公司的商业街运营模式，照金村民的朴实与进取精神，让他发现了照金的商机，照金是一个实现梦想的地方。他想在照金老区拓展自己的事业，也想为照金的建设出一份力。他号召全国户外爱好者联盟深入照金，在照金国家级丹霞地质公园徒步探索穿越，照金的户外运动旅游逐步启动。

到村集团应聘去

春天，万木复苏，冰雪融化，建设中的照金一派生机勃勃的景象。2012 年，照金村的生态农产品在市场上打开了销路，加上文化创意产品的收入，产值达到 800 多万元。农历三月初三，照金村生态农业公司组织村民们种植金银花，成立了专门的种植小组，指导村民科学种植。大家每天集体上工，一起在田间劳作，树坑挖多深，花苗栽种的行距，浇水的时间间隔、水量多少等，过去随心随意的事情，现在都成了技术，有专业人员指导，以保证金银花苗的成活率和出花率。村民按照出勤率领工资，有事需事先请假。村民们不用担心收获的金银花卖不上好价钱，销售、市场、加工等环节，公司都有专人负责。村民们成为领工资的农业工人。有了去年核桃加工销售的经历，村民们开始自觉接受专业人员的指导，他们深切地认识到生态农业效率就是高，种了半辈子核桃，从来没有过这么高的回报与收益。

照金村集团在《铜川日报》发布招聘启事，面向全社会招聘人才，照金团队的工作人员走街串户，翻山越岭，把招聘启事送到了每一户村民的手中，告诉他们照金红色旅游名镇建好了，要

运营了，一共有 300 个岗位。村民自己或者亲人都可以去应聘，这是长期的工作，可以一直干到退休的工作；不是短期的。南民政与村委会的同志们把村里的年轻人挨家挨户排查，谁家的孩子大学毕业，谁家的孩子在酒店工作过，谁家的孩子有技术，谁家生活困难需要帮扶等。摸清情况后，村委会的同志分头到这些村民家里做工作，对比分析孩子们在外地打工与在家乡发展的利弊，动员鼓励年轻人回乡就业创业。随着基础设施建设的完成，看着日益规整的街道，对照当初的规划图，村民们再也坐不住了。竟然跟规划图一模一样，照金红色旅游名镇的轮廓越来越清晰，梁家的儿子回来了，王家的小萍回来了，朱大夫家的女儿朱锦回来了，任巧玲家的儿媳妇回来了，东边南家的弟弟回来了。附近村镇的年轻人也回来了，还有外地的年轻人来报名。10天时间，报名人数达300多，大学毕业生就有60多人。这些天，街道上走过的大多是年轻的面孔，身姿挺拔，朝气蓬勃，散发着青春活力。6月18日，照金村集团正式面向社会招聘，应聘者可以根据自己的喜好和技能挑选适合的岗位。等待填表、面试的应聘者有序地排队，有的应聘者关心工资待遇，有的应聘者关心专业是否对口，有的应聘者关心岗位有没有发展前景、升职空间，有的应聘者关心会不会经常加班影响自己接送孩子，等等。工作人员耐心地解答，给每一个应聘者填写档案，帮他们分析自己的特长，规划职业生涯。一个女孩听到转正后月薪1800元的工资标准时，略显失望。可能跟她在南方城市的工资收入相差比较多吧。

7月，照金书苑酒店的员工开始培训。

这天，阳光灿烂，1933广场人头攒动，热闹而有序，原来是照金公司新员工军训汇报表演。照金公司的领导和村镇干部都来了，观众阵营庞大，老人们来看儿女，丈夫来看妻子，妻子来看丈夫，儿女们来看父母。半年前还每天围着锅台转，只会下地干活照顾孩子的媳妇，今天要穿着军装走正步了；以前听女儿说在学校里军训如何如何，今天能在家门口看到女儿的风姿了。朱锦妈妈知道女儿今天要代表新员工发言，心里格外高兴。她站在人群里，看着汗水在女儿的脸上流淌，女儿声音洪亮，字字铿锵有力，只是脸瘦了黑了，泛着红光，她喜欢健美的女儿，尽管有点心疼。

朱锦的声音在广场上回荡着，诊所里忙碌的父亲想象着女儿坚定的神情，挺拔的身姿。他驻足静听，生怕漏掉一个字。

"我是土生土长的照金人，是照金村里走出去的一名大学毕业生，当我得知家乡在搞建设，村民们入股成立了陕西照金红色旅游发展集团有限公司，我毅然决定回到家乡，并如愿在自己家乡找到一份适合自己的工作，七天的军训虽然短暂，但我们过得充实；虽然紧张，但我们过得快乐。七天里，原本陌生的学员，已经团结在照金村集团这个大集体。我们学会了尊重与服从，学会了团结与坚持，学会了奋力拼搏，勇往直前。"

朱锦小时候一直跟妈妈在杨柳坪小学的教学点生活、读书，爸爸只有周末才能见到心爱的女儿。初中、高中住校，妈妈觉得女儿就像风筝一样飞上了天空。大学毕业，朱锦为了梦想，远赴新疆，在一家水泥厂做了一名过磅员，繁重的工作之余，她思念着父母和家人。春节回来看到家乡的变化，她决定留在家乡就业，她相信家乡一定有更好的职业发展前景。女儿说出了无数照金人的心里话，朱父由衷地为女儿高兴，女儿的书读得不错。"尊重与服从，团结与坚持，奋力拼搏，勇往直前。"这就是照金精神的现代阐释，这是建设新照金不可或缺的精神品格。有这样的女儿，有这样的一群年轻人，照金的明天充满希望。朱锦妈妈的脸上挂着笑容，她为女儿而自豪。读书改变命运啊，当年坚持让女儿读书的决定太对了。她的女儿绝不是一个讲解员工作能"关"得住的。

照金公司总经理赵文涛坐在主席台上，专注地看着，这就是他公司的新员工啊，目光坚定，步调一致。从整齐的队列中，他感受到大家的集体意识、团队意识；从他们身上，他看到了照金公司的未来。他说："在你们的眼里，我看到了自信、力量和希望，我相信，在不久的将来，站在这里的你们，许多佼佼者就会成为照金村集团的中坚力量。"

照金村集团是一个大熔炉，是一个青年人就业创业的平台，果如赵文涛所言，他们中的佼佼者几年后陆续成为照金村集团的中坚力量。外乡青年成长为照金村集团副总经理，还娶到了美丽的照金姑娘——回乡就业的大学生王小萍，在照金安了家，并有了孩子。王小萍从一名讲解员成长为景区服务中心主管，可以独当一面，管理一个部门了。朱锦做过讲解员、酒店管理等，如今的她是照金公司景区品质服务管理部的骨干，是中层管理人员，她不仅收获了爱情，还有一个可爱的孩子，丈夫是某大型国企的技术人员，妈妈帮她照顾孩子，爸爸在诊所里治病救人，弟弟大学毕业后通过了公务员考试，在旬邑县税务局工作，她能就近照顾父母。朱锦一家的生活幸福甜蜜，他们是照金村的样板家庭。

村民变居民

孩子睡着了，鲁雪艳拿着手机在发呆。前几天，丈夫李星打电话给她说照金新苑的样板间装修好了，村民们都去看了，他也看了，觉得很不错，远远超出了他的预期。房间布局合理，卧室基本都在阳面，厨房、卫生间都装修好了，墙壁全部是洁净的瓷砖，吊顶也装好了，厨卫全部到位，放上家具，就可"拎包入住"。丈夫嘱咐她闲了去看看家具，毕竟是新房，李星说想给她最好的。雪艳近两年在西安住，因为怀孕带孩子，没有正式工作，做姑娘时的积蓄也花得所剩无几，孩子的奶粉、衣服、玩具、生活用品等，她都尽力用最好的，虽然李星会主动打钱给她，但她习惯了自己挣钱自己花。本来盘算着孩子送幼儿园了，就找个合适的工作，再动员李星到西安来，一家人以后在省城安家。过两天村上就开始选房了，李星让她回去选房子。这是大事，终于要有自己的单元房了。

2013年7月25日，对照金村民来说，是一个重大的日子，是一个特殊的日子，照金公司召开村民回迁动员大会。还是在去年拆迁动员会的会议室，村民的脸上洋溢着喜悦的笑容，大家的鞋子一尘不染，村上没有土路了，街道两旁的绿色植物是他们栽种的，未来也由他们管护。南民政坐在会场里，他也觉得有点恍惚，还不到一年，镇子就像平地里长出来的一样，一栋栋现代化的建筑，风格统一，俨然北欧的现代城镇。村民们的变化太大了，不用下地干活了，人们开始习惯穿皮鞋，生活有保障了，在村集团就业的年轻人仿佛一夜间变成了城里人，从衣着、行为到言语，闹纠纷吵嘴家长里短的事少了，到村委会找他的人，大多是问有什么合适的岗位，或是自己以前眼睛浅，没有租商业街，现在想

雨后照金（闫新民摄）

租还有没有，要办什么手续，等等。村子里到处是年轻的面孔，老人们也不再发愁抱怨了，儿女们回到身边了。

按照项目规划，照金红色旅游名镇是镇区与景区合一，居民区也是景区的重要组成部分，景区全面开放前，居民要全部安置到位。村民安居了才能乐业——在村集团就业。

回迁，是新生活的开始。大家早在家里想好了自己想要的户型，能要什么户型的房子。家里有老人的都想要楼层低的，方便老人出入；年轻人喜欢楼层高一点，视野好，敞亮。梁万营家四口人，刚好可以要120平方米，一家人早就设计好了各自房间的风格，儿子、女儿都可以有自己独立的空间了，妻子连新被褥都订好了，就等着拿钥匙了。鲁雪艳家六口人，他们选了一套60平方米的，一套120平方米的。他们小两口带着孩子，可以住小套；公婆和小姑子可以住大套。房子虽小，却是一个独立的单元，雪艳终于有了属于自己的家。拿到钥匙的村民满心欢喜，脚步轻快地走了。排队的人难免有点心虚，生怕选不到自己喜欢的户型和楼层，工作人员安慰着他们，房子有多余的，大家不用着急。按照预先设计的，所有拆迁户都分到住房后，还有结余。最后盘点时，22栋楼房，安置完拆迁户，结余住房25套。

第二天，就有村民难抑欣喜之情，开始在安置点和新房间来回穿梭。临时安置点热闹起来了，人们打包行李，处理带不到单元楼上的东西，家养的猪、鸡等，得想办法处理掉，大多数人选择放在附近的亲戚家寄养，家境好的人家直接送给丈人家或者近亲了。生活要改变了，农村人养的猫狗不完全是宠物，它们都有任务，猫负责抓老鼠，保证粮食安全；狗要看家护院。猫狗散养惯了，关在楼房里不现实，也关不住。家里有防盗门，楼门口有门禁，小区门口有物业，狗看家的功能丧失了，猫也没有老鼠可逮了。村民们突然发现，很多东西用不上了，煤炉子，烧炕用的各种东西都得处理，冬天有暖气。厨房卫生间到处是水龙头，随时有自来水，水缸水瓢再也不需要了。原来担水的水桶可以退休了。做饭用天然气，老房子厨房的大锅，过年蒸馍用的那些物件，新楼的厨房根本放不下，生活方式是真的变了。按照这个标准，电灯电话，早就实现了；现在这么漂亮的红色小楼，房间里现代设施一应俱全，楼上楼下也实现了。那时候，哪里知道还可以用网络、天然气、暖气呀，连电视都没有见过啊。以前在电视里看到的大城市的楼房，赫然出现在村里了，自己就要搬进去了。村民们觉得像做梦一样，拿出去年拆迁前公司给自家老房子拍的照片，看看眼前这一排排整齐的楼房，反差也太大了。

8 月 5 日，农历六月二十九，村民找先生看过，当天是黄道吉日，宜入宅、安床、盖屋、移徙、嫁娶等。很多村民选择这一天乔迁。天不亮，村子里就响起此起彼伏的鞭炮声，从老房子搬出来要放一挂鞭炮，到新房楼下，再放一挂鞭炮，象征着生活红红火火。照金团队的同志忙坏了，他们没有忘记当时的承诺，要给每一户村民在安置房门前留下一张合影，新居安顿好，在客厅里，给每一户村民照一张全家福。与拆迁前老房子门前的合影一起，用图片见证照金人这一年来的变化。他们派专业的摄影团队跟踪拍摄了丁福堂一家搬家的过程，丁福堂和家人一起将家里需

照金的山（闫新民摄）

要搬的家具、物品搬上一辆农用三轮车，面对摄像机，这个粗壮的汉子笑得合不拢嘴，他说你跟着我拍，我都不好意思了。一家人坐在三轮车上开心地笑着，三轮车向前驶去，摄像师看着镜头里远去的三轮车，眼睛湿润了。去年的形容词用不上了，"扬起一路灰尘"，来时的土路消失了。很多村民家里没有用上自来水，镇上没有通天然气，没有污水处理厂，没有垃圾回收站，去年的照金是一个传统的山区原始村落，农民靠种地为生，靠外山打工贴补家用。此刻的照金，两条主街道贯通全镇，镇中心是纪念馆和广场，纪念馆气势磅礴，一排排依地势而建的建筑群错落有致，商业街整齐有序，居民区建筑式样与外墙色调风格统一，显示出"别墅村"的格调与品位。摄像师眼前是平坦的水泥路，路两边的树木绿油油的，有些路段树影斑驳，四面青山环绕下的一栋栋居民楼，里面有多少张惊异而喜悦的笑脸。站在照金最高处——纪念碑下，极目四望，像图纸一样规整的小镇映入眼帘，低矮的土坯房不见了，山坳里或浓或淡的炊烟没有了，间或响起的鞭炮声仿佛在告别昔日的农耕岁月。

8月13日，陕甘边革命根据地照金纪念馆布展完成。照金书院酒店开业。

8月16日，绿蚂蚁山地体验基地开业。照金两宜轩茶楼开业。照金海派养生会馆开业。照金干部培训基地落成开放。陕甘边革

篝火晚会（成晓宇摄）

村民变居民

命根据地照金纪念馆落成开放。铜川金秋旅游季在照金启动。各级政府和部门视察的、参观的、研学的，电视台、报社等媒体采访报道的络绎不绝。

　　8月19日，照金红色旅游名镇建成开放。广场上、商业街、街道上、牧场里，游客如织，纪念馆、酒店、饭店等设施全面启动，南民政觉得眼花缭乱，忙得不可开交。南民政的父亲，94岁的老红军南玉常老人接受了记者的采访，老人感慨地说："去年拆迁

照金牧场（照金村委会提供）

时候说一年就能盖好，我想着哪能那么快，哎，还真是快呀！"
搬进新家，南民政把父亲引进卫生间说："这就是厕所，你看是
不是在屋里头。上完厕所，把这按钮一按，水就出来了，水一冲，
干净得很，一点点气味都没有。"原来老人一直担心厕所放到屋
里头有味道，现在放心了。老人四世同堂，和儿孙们住在120平
方米的单元房里，房子非常干净。儿媳妇曾麦娥孝顺勤快，孙子
南鹏在照金矿业公司上班，孙媳在家带两个孩子，孩子们可爱顽

皮，老人觉得幸福就是这样吧。2012年，曾麦娥获得照金镇照金村"好媳妇"表彰。2014年，曾麦娥家庭获得铜川市"美丽家庭"示范户表彰，曾麦娥家庭是构建社会主义和谐社会和农村家庭道德建设工作的典范家庭。对妻子，南民政打心眼里尊敬喜爱，家庭幸福和睦，妻子功不可没。他和父亲两代村干部，工作很忙，家里都是妻子操持，这几年父亲年岁大了，行动不便，妻子无微不至地照顾老人，日常饮食变花样，定期请医生到家里给老人体检。平日里提醒他陪老人说话，和孩子一起推老人到楼下晒太阳、散步。在村上，他是支书；在家里，妻子说了算。2015年，曾麦娥家庭代表照金镇参加了寻找"三秦最美家庭"活动。

南民政是勤快人，早上从不睡懒觉，他发现一件奇怪的事情。早上，天蒙蒙亮，居民区就走出不少老人，或步履蹒跚，或行色匆匆，径直往附近的地畔、草丛走去。他不好问，以为老人们去锻炼身体，但去的地方不对呀！广场平平的，面积1500平方米；牧场有花有草，坡缓，那些地方多适合锻炼，老人们去没人的地方干什么呢？晚上回去，他跟老伴说了这事，老伴笑了，说："你问咱大。"他一问才知道老人们是出去解决生理问题去了。他没有想到的是父亲也不习惯用马桶，在马桶上大便很困难。老人们觉得还是野地里畅快。南民政建议父亲慢慢习惯，在屋里干净，也暖和。他私下找家里有老人的村民，建议家里有两卫的，最好有一个让老人专用，天快冷了，出去不方便，万一感冒了，磕了碰了更不好。希望年轻人多给老人些时间，让他们习惯新生活，不要再出去解决生理问题。当然，这样也不环保，镇区就是景区，每一个地方都是风景，都可能有徒步旅行的游客。

　　随着天气转凉，老人们开始习惯有暖气的房子，温暖干净，连电褥子都用不上了。早上再也没有老人因不习惯用马桶而出去了。很多家庭的生活习惯也改变了，过去农村人很多是一天吃两顿饭。现在上班时间是固定的，吃饭时间、作息时间都要根据上班时间来决定，连老人们也渐渐习惯了按孩子们上下班时间安排自己的生活，上午、下午，老人们到牧场去散步，看着游人休闲观光骑马骑自行车，想到他们曾经结伴去野地解决生理问题的事情，不禁相视一笑，有些老太太还掩上了嘴，窃窃地笑。生活方式的改变是悄无声息的，生活理念也随之变化。这事情成了趣谈，常常被人提起。

村民变居民

在照金牧场数星星

2013年9月13日，陕甘边革命根据地创建80周年纪念活动在铜川照金隆重举行。中央党史研究室主要领导，陕西省主要领导，甘肃省领导等及创建陕甘边根据地的革命先辈亲属代表共200多人，参观了新落成的陕甘边革命根据地照金纪念馆，向陕甘边革命根据地英雄纪念碑敬献了花篮。与会代表看到照金老区人民家家住新房，户户有就业，发展有保障，民生全覆盖，感到十分欣慰，充分肯定并高度赞扬了照金红色旅游小镇开发建设取得的成绩。

照金团队深受鼓舞，"红色即民生"的理念彻底改变了照金老区人民的生产生活方式，老一辈无产阶级革命家的初心就是让老百姓过上好日子。用大资本重构照金社会关系，这一步，迈得很坚实，很成功，得到了老区人民和社会各界的一致认可。村民们走出了农耕时代，照金实现了城镇化，如何实现可持续发展，如何实现永续发展，照金公司与景区管委会的同志一直在思考、在努力。景区管委会的于明辉和闫新民记得铜川市委市政府主要领导的嘱托，那就是借照金红色旅游名镇开发这个契机，把照

金红色旅游景区打造成国家 5A 级景区，把铜川旅游做大做强，彻底改变铜川资源型城市的形象，让每一个铜川人都有幸福感。2013 年 4 月 28 日，铜川市发起成立了"陕甘边红色旅游联盟"，联盟成员有南梁红色旅游景区、旬邑马栏革命旧址、照金革命纪念馆、习仲勋纪念馆等。

　　纪念活动结束后，照金的可持续发展问题摆上日程，如何保证照金村民一年四季都有工作可做？关键就是照金要有足够多的项目吸引游客、留住游客。规划之初，照金团队就考虑到了这个问题，照金牧场的规划就是要给游客一个观光休闲的场所，牧场周围设计了自行车赛道和徒步旅行线路，这些设计与照金的大地景观、生态农业有机结合，使照金集红色旅游、观光休闲、健身

鲜花盛开的照金牧场（闫新民摄）

养生于一体，给游客全方位的旅游体验。生态农业和照金牧场不仅能吸引游客，还能提供更多的就业机会，增加村民收入。

照金牧场的建设是村民参与度最高的一个项目。牧场位于小镇东边的缓坡地带，拆迁时就完成了征地工作。开春解冻后，照金公司将工程交给了村集团和村委会，由他们组织人员平整土地，种树种草种花，公司派专业人员进行指导。当时小镇的主体建筑都已经开始内外装修了，村民们看着家乡的巨变，对未来充满憧憬。牧场的建设是他们力所能及的，他们热切地想为家乡建设出把力。优质的草皮，满坡的格桑花，让牧场看上去像一座美丽的花园。照金团队还依据地势规划了凉亭、小木屋、咖啡厅等辅助设施，让游客有休闲休憩、补充热量体能的地方，也增加了村民的就业机会，还能盈利。随着时间的推移，照金牧场绿了，花开了，游人来了。村民们看着牧场在自己的手中越来越美，心里格外高兴。牧场也是村民的后花园，是大家休闲散步的场所。

照金牧场落成开放的那天晚上，村民们和照金团队的成员们久久不愿离去。夜深了，小木屋的台阶上还坐着一个人，身影单薄，眼睛迷茫地望着星空，天上的星星很多很亮，星星像孩子的眼睛一样，亮晶晶的。孩子已经好久没见到他了，孩子总是问他："爸爸，你什么时候回来呀？"他知道孩子想他，他也想孩子呀。不光是他，团队里的战友们也在加班，他还记得一个女同事从家里回来时悄然垂泪，离开太久，孩子生疏了，不认识妈妈了，见到她也不叫妈妈了，还躲在奶奶的身后。团队成员从到照金的那

夜幕中的照金牧场（照金公司提供）

在照金牧场数星星

　　一天起就给了老区人民一个承诺一个希望，他们加班加点地干，就是要兑现这个承诺。

　　一期工程结束后，他要带着照金团队的全体成员办一个篝火晚会，让大家尽情欢唱，他想和大家一起躺在草地上数星星，照金的星星见证着照金这一年的变化，见证着村民们的巨变与牺牲，见证着无数建设者的汗水。照金的很多建设者早已开赴其他的建筑工地了，他们中的很多人都没有看到建成后美丽的、现代化的照金。

　　夜深了，赵文涛却无法入眠，他还在想着白天开会讨论的照金滑雪场的事。

　　红色旅游首先是旅游，是旅游就有淡季和旺季之分。在照金的日子里，他对照金的感情在变化，从最初到照金做项目再到改善老区人民生活，境界提升了，他把照金村民的利益放在了首位。照金夏季凉爽，是休闲纳凉的好地方，夏季的客流量按照预期会

照金滑雪场全景（李清霞摄）

逐年增加，只要有游客，酒店、饭店及商业街的各种商铺就有营业额，村民的收入就能保证。冬季怎么办？照金的冬季漫长，气温低，经常下雪，雪天路滑，冰冻一开始，薛家寨景区就要封闭，徒步旅行线路和山地自行车赛道有些路段也要封闭，游客数量必然减少。11月份开始进入淡季，到来年4月，这四五个月的时间，恰值岁末、春节，没有游客就意味着有些员工没有活干，没有收入。这段时间，外出打工不现实，他知道很多企业试用期是三个月，村民如果外出打工，试用期未满就已经到春节了，年后，外出打工依然干不到试用期满。赵文涛和景区管委会的于明辉和闫新民交流过，必须开发冬季旅游项目，以保证照金的永续发展。这个问题解决不好，照金还是留不住人，年轻人还得外出打工。铜川北部的玉华宫有滑雪场，游客一直很多，西安东郊的白鹿原上也有滑雪场，这两处滑雪场距离照金的距离大约都是一个小时的车程，在照金建滑雪场，区位优势在哪里？

他们找专家论证，跟村镇干部交流，大家一致认为照金冬季寒冷，气温最低达到零下 28 摄氏度，降雪量大，自然积雪堆积再加上少量人造雪，这样形成的滑雪赛道比纯粹人造雪赛道品质高，是照金的优势。照金的红色旅游资源和滑雪场可以实现资源互补，能有效提高照金冬季游客量。照金团队决定建设照金国际滑雪场，今年先建一期项目，争取让村集团的员工冬季有活干，不放假。

南民政一直记得，照金红色旅游名镇的第一个春节，商业街的商铺早早关门，村民们都回家过年去了。大年初一，景区涌入一万多名游客，参观纪念馆，在广场嬉戏，在牧场散步，到了饭点，麻烦了，没有地方吃饭。景区管委会的同志也急了，南民政挨个打电话，问谁家的饭馆可以开门迎客。大家尴尬地说，开门也没用，连菜都没有准备，拿什么给游客吃呀！游客们只好饿着肚子上路，到耀州区、铜川新区、西安市去用餐，到最近的地方用餐，路上的时间加上等候时间，至少得一个小时。照金村民发现他们的观念还是跟不上现代城市生活的节奏啊！

习总书记来看望我们了

傍晚，照金村委会的院子里，村民们热烈地交谈着，久久不肯散去。

昨天，许多村民都听说明天要来大领导，跟乡亲们见面，没想到是习近平总书记啊！下午，村民们聚在村委会院子里等候习总书记。村委会的同志来了，村上的老党员来了，回乡就业的大学生朱锦来了，王小萍抱着姐姐的孩子来了，红军餐厅的侯军莉来了，村上的大姑娘小媳妇也来了，鲁雪艳和大家一起站在人群里，眼睛笑得像月牙儿一样。总书记热情地向大家问好，询问村民们年货办了吗、孩子上学方便不方便、还有什么困难，村民们回答党的政策好、农村有奔头、农民有盼头。习总书记祝乡亲们春节愉快，祝老区人民生活越来越好。

纪念馆前面的广场上，也聚集了好多村民，大家谈论着习总书记刚才参观纪念馆的事，有人说他看见总书记在纪念馆门前站着，有人说他离得远只看到总书记的背影，有人说他看到总书记到纪念碑前去了。

"你们说总书记跟电视、报纸上像不像呀？"

"总书记亲民得很。"

"很随和，跟电视上看到的没啥区别。"

群众你一言我一语地，都不肯离去。

"习总书记跟我握手了！"季占虎激动地跟路上碰到的村人们说。季占虎76岁了，是村上的老党员。他想回家跟家里人分享自己的快乐。他的五叔就是一名红军战士，照金村将近40%家庭的祖辈都曾经参加或支持过照金游击队。

习总书记一下车就微笑着向大家招手，跟村民亲切握手。走进社区服务中心，总书记认真观看了陈列在会议室的"照金村的变迁"展板，详细了解了照金村村民近几年的增收情况，并仔细询问增收渠道。

目送习总书记坐车离去，大学生村官路旭辉感到特别遗憾，他只是远远地看到总书记的身影，他多么想跟总书记说说心里话，向总书记问一声新年好。

侯军莉是村上的能人，人干净利索，勤奋上进。今年40岁，作为返乡创业的代表，她还受到了习总书记的接见。侯军莉原来在西安做小生意，看到家乡的发展机遇，毅然决定回乡创业，开了餐厅，成了村上自主创业的带头人。在照金，还能照顾上老人，公公婆婆也高兴。

当天是2015年2月14日，农历腊月二十六。儿媳妇曾麦娥在准备晚饭和过年的东西。南玉常已经知道下午来的大领导是习近平总书记了。老人焦急地在家里等候儿子回来，他想知道：儿子给总书记汇报了什么？总书记对照金老区的发展满意不？总书记有什么指示?

南民政知道家里人都想知道总书记视察的情况，忙完工作赶紧回家。老人看儿子黑黑的脸膛还有些泛红，情绪还有些兴奋。妻子给他倒了茶，也在沙发上坐下。南民政说：总书记对村民很温和，慈祥地笑着，主动跟村民们握手。

老人接着问儿子："总书记看到照金的变化满意不？"

"总书记态度严谨。我把这几年的变化汇报了，总书记一直认真听。我说到照金村人均年收入15000元时，总书记问我，这个15000元的数字是不是准确？我赶紧解释，这个数字是实实在在的，村上一户一户地发了表，自己报下的。"南民政给父亲详细说了他给总书记解释的内容。照金村在附近煤矿下井的人多，有100多人，煤矿上工资高，一个月能拿5000多元钱，一年6万元。6万元对一个四口之家来说，人均收入马上就上去了。小镇建成后，在物业部门工作的人也多了，像保洁、保安，一个人一月1500元，还管吃，一年拿18000元。照金村城镇化率达到60%，从事服务业的农户占到一半，村上自主创业的人也不少，如办商店、开食堂的比较多，这些人收入也比较高。村上整体平均下来人均年收入就有15000元了。

照金村这几年的变化太大了，有时候，南民政觉得自己还没有缓过神来。2011年照金村人均年收入4000元，2014年人均年收入15000元，远高出陕西省农民人均收入。2011年，照金村有2辆私家车，2014年底，照金村有私家车88辆，照金人的生活和思想观念实现了跨越式发展，照金成为现代化的新型旅游城镇，大家都说党和政府兑现了当年的承诺，老百姓的日子是真的好过了。但是，十个指头都不一般齐，村上的情况也不是平均的，最好的人家，人均15000元哪能挡得住，年收入一二十万的人家也有，那都是开饭馆、有商铺的，那也是几十年积累下来的，谁也不可能一夜暴富。像梁万营家，从他父亲那一代开始就有泥瓦工的手艺，父子俩包工程给人盖房子，最好的时候带着几十个人的工程队，在照金附近和铜川市内包工程，有一定的积累。拆迁前那几年，夫妻俩在镇上开着一家餐馆，年收入也有三四万元；拆迁后，餐馆拆迁了，小镇建设启动后，他又抄起老本行，搞起工程土建，一年纯收入有10万元左右。村上动员大家购买商铺时，他购买了一个70平方米的商铺，由村集团管理经营，2014年第一次分红就分了1.26万元，再加上他带领工程队的收入，还有土地流转租金和妻子的工资收入，年总收入也达到了12万元。儿子考上了西安科技大学，女儿现在也回到了村里上小学，原来在耀州区上小学。村上日子过得好的人家，都把儿女弄到耀州区、铜川市上学，也有个别人把娃送到西安上学的。梁家日子过得很殷实，但这是两代人努力的结果，父子俩都有手艺傍身，多年承包工程，才有这样的日子。

情况差的，也不少。有的村民小组离镇子远，没有赶上拆迁，有些人还住在土坯房里；有的人还是靠种地维持生计，经济收入肯定赶不上拆迁户。汇报总体情况的时候，一般都是说人均年收入，南民政知道人均年收入并不能代表每一个村民的年实际收入，村民与村民之间还是有差异的。

夜幕中的纪念碑（李清霞摄）

　　总书记的指示，他记住了。总书记希望村党支部和村委会的干部团结一心，把乡亲们的事情办好。南民政想春节后，要跟村委会成员好好把村上的情况再摸个底，在致富的路上，谁也不能掉队呀。父亲常常给他说，我们闹红的时候，红军说的是要让老百姓都过上好日子。

　　深夜，武警战士王冰和吕伟的心情还没有平复，下午的情景像过电影一样在脑海中闪现。他们接到任务，下午有首长到陕甘边革命根据地英雄纪念碑敬献花圈，他们负责礼宾工作。他俩猜测应该有中央首长要来。刚过 15 时，习近平总书记在地方领导陪同下，走到纪念碑前。他们的任务是从花篮摆放处将花圈抬到纪念碑前，这段距离是九个礼步，他们要庄严肃穆地走过，这是纪律。纪念碑高33米，象征着1933年创建了陕甘边革命根据地。整座纪念碑由碑体和基座两部分构成，通体采用花岗岩构建，以简洁的柱式结构拔地而起，寓意照金是西北革命的源头和支柱。基座四面由四组浮雕构成，展现了陕甘边照金革命根据地建党、建政、建军的重大历史事件和军民鱼水情。

两人一左一右，跨步、抬起花篮、转体、礼步走九步，再转体、撤步、向右转然后退下。完成整套动作用时1分钟，一气呵成，毫无瑕疵。两人自信，他们将铜川武警最好的风采展现给了中央首长。吕伟对王冰说，他俩放下花篮转身离开的瞬间，他用余光看到习总书记庄严地面对纪念碑，肃然而立。这一幕深深烙印在他的脑海里。两个战士都是90后，平日在部队经过刻苦训练，军事素质过硬。尽管心里想好好看看总书记，但他们深知自己的责任，他们完美地完成了礼宾任务。这是他们军旅生涯中最难忘的一天。

第二天，他们接受了媒体的采访，描述了习总书记在纪念碑前敬献花圈的情景，表达了他们激动的心情。家人、战友和同学朋友在电视上看到他们，夸他们英姿勃勃，代表了武警战士的风采。在纪念碑前执勤时，也有游客认出他们，指着他们说这不是电视上的那两个小战士吗？

曾世德是照金村村民，共和国的同龄人，是1972年入党的老党员。习总书记跟他握手的画面、照片在电视、报纸刊出后，外地的亲戚、战友也打电话或专程到他家里分享他的感受和幸福。曾世德一遍又一遍地跟人讲起他当时的感受，他说："习总书记的手很宽厚、很温暖。看着他慈祥的笑容，就像家里来了久别重逢的亲戚。"他把习总书记询问乡亲们的话分享给大家，把总书记对老区人民的新春祝福和祝愿转告给大家。

王小萍抱着她姐姐的娃，总书记看见娃，眼神温柔得很，亲切地摸着娃的头，很慈爱。王小萍是景区服务中心主管，虽然照金公司有配套的员工宿舍，王小萍还是选择住在家里，能帮忙照顾老人和孩子。因为户口在照金村，她和家人一样每年都可以享受村集团的分红。照金村规定只要户口在照金村，不论老人孩子、刚结婚的新媳妇，还是在外读书的学生，包括王小萍这样回乡就业的大学生，都能享受村集团的分红。她觉得自己的幸福指数越来越高了。

电视播出后，陕甘边革命根据地照金纪念馆、薛家寨革命旧

春节期间参观纪念馆的游客（李清霞摄）

址等红色景区，迅速成为热门旅游景区。有了去年的教训，景区管委会一进入腊月，就召集商业街的商户，特别是饭馆和纪念品商店，提前备好货源，春节也是"旅游旺季"。总书记视察照金，对照金景区来说，是最好的宣传；对照金老区百姓来说，是最大的鼓舞，总书记一直惦记着老区人民。

春节期间，到照金参观的游客激增。农历除夕至正月初六期间，进馆参观人数达5.87万余人次。滑雪场吸引了众多的年轻人和滑雪运动爱好者，成为照金景区节日旅游的亮点。镇区、纪念馆、照金国际滑雪场等景点相结合，让游客受到红色教育的同时，也体验到滑雪极限运动的刺激，接受了老区人民美好生活的熏染。有游客感慨道："'诗与远方'竟然就在现实中的山区小镇。"

元宵节期间的1933广场（李清霞摄）

金灿灿的照金（闫新民摄）

正月里，照金景区接待游客 12.48 万人次，同比增长 97.7%，人数翻了近一番。照金老百姓真正领会了"红色即民生"的真谛。

春天来了，天气越来越暖和。牧场绿了，桃花开了，海棠花开了，小镇里弥漫着氤氲的花香，白鸽在广场上空盘旋。再过些天，漫山遍野的槐花也要开了，槐花蜜、槐花麦饭，还有村集团开发的槐花系列生态产品就要上市了。

侯军莉的红军文化主题餐厅，生意越来越好，老板和员工们脚底生风，忙得不亦乐乎，订餐电话快被打爆了，都是旅行社和游客的来电。

"侯大姐，今年我们团的游客人数又增加了，帮我订上'红军菜'啊！"

"我们旅行社今年计划开通照金的旅游线，您那儿还能接待吗？"

侯军莉想餐厅得再增加些人手，菜品也得开发，还得开辟一块地方，做个小型的红军书屋，等候就餐的游客可以读书，感受照金的红色历史。在照金，就要做出红军餐厅的特色啊！

陈家坡会议[①]旧址展馆管理员杜天祥，是土生土长的照金人，61岁。2011年5月，展馆建成，村上安排杜天祥到这里当管理员，他上过高中，年轻时候当过山村代课教师，平常爱看书。他小时候，爷爷常常讲红军的革命故事。他喜欢管理员这个差事，展馆里没有专职讲解员，杜天祥逐渐成为义务讲解员。只要有游客来，他都会主动义务讲解。有人笑他傻，又没有人给讲解费，这么热心干啥？他总是说："大家来是为了感受、学习党的光辉历史，我一讲解，游客感受更深。我也喜欢看游客听我讲故事时专注的样子，还有他们给我的掌声。这就很满足了。"最多的一天，他曾先后为863名游客讲解。村里人打趣他"一肩挑四职"：既是展馆的专职管理员，又是义务讲解员、保安、保洁员。他家里还开着农家乐，还有几亩地，喂了些鸡和羊。妻子很支持他的工作，总是说你好好工作，家务不用你操心。你宣传革命历史和照金精神，我负责搞后勤。妻子说我们要感恩，村上38户村民都住上了洋气的新楼房，家里办的农家乐，收入也不错，这是过去想不到的幸福生活，你给咱讲好党的故事。

---

①1933年8月14日，习仲勋等老一辈无产阶级革命家在陈家坡的大槐树下召开了著名的陈家坡会议，会议重申了党对军队的领导地位，决定进一步巩固、发展、扩大陕甘边照金苏区。陈家坡会议在中共西北史及西北红军发展史上具有重要的意义。

杜天祥的讲解刚开始没有讲稿，就是根据自己知道的历史知识和幼年听来的故事信马由缰，游客很喜欢，但他自己不满足。他是个有心人，善于思考，他想，老一辈无产阶级革命家革命的目的是什么？不就是让老百姓过上好日子嘛，我不光要让游客深入了解陈家坡会议的历史意义，让照金精神传承下去，还要让游客看到、喜欢今天的陈家坡新村。他查阅大量资料，充实自己。听说有个纪念馆的讲解员用顺口溜讲解，他便用了一个多月时间创作了1000多字的《陈家坡的故事》初稿，每天站在山坡上大声练习，还让家人和村人当他的观众，给他提意见和建议。如今，陈家坡会议旧址前的老槐树下，只要有游客，就能看到一个老人操着地道的"秦腔"，讲着自编自导的顺口溜，激动时还唱几句陕北民谣，"古树的故事说不完，先说一九三三年，三三年八月十四日，日落西山红霞飞，这里来了红四团和义勇军……"

小康不小康，关键看老乡

"我们实现第一个百年奋斗目标、全面建成小康社会，没有老区的全面小康，特别是没有老区贫困人口脱贫致富，那是不完整的。这就是我常说的小康不小康、关键看老乡的涵义。"①

——习近平

群众还沉浸在总书记春节前到照金视察、探望的喜悦之中，喜气洋洋地过春节，精神百倍地迎接着四面八方到照金参观学习与旅游休闲的游客。他们为总书记始终惦记着老区人民而高兴，就像他们对总书记说的"党的政策好、农村有奔头、农民有盼头"。

在电视和报纸上，村民们了解到照金只是习近平总书记陕西视察的一站，习近平此次来陕西，看望慰问广大干部群众，向全国各族人民致以新春祝福，祝伟大祖国繁荣昌盛、各族人民幸福安康。此外，还有一项重要工作是了解、推进陕甘宁革命老区脱贫致富工作。

①《把革命老区发展时刻放在心上——习近平总书记主持召开陕甘宁革命老区脱贫致富座谈会侧记》，《人民日报》2015 年 2 月 17 日。

党的十八大以来，习近平总书记多次前往贫困地区调研考察。从地处太行山深处的特困村河北阜平县骆驼湾村、顾家台村，到甘肃渭源县元古堆村、东乡县布楞沟村，再到湘西土家族苗族自治州十八洞村……总书记一直强调，领导干部要看真贫、扶真贫、真扶贫。此行，他把扶贫攻坚任务聚焦到了革命老区。

2015年2月13日上午，习近平总书记从北京飞到延安。一下飞机，他就前往延川县梁家河村看望慰问父老乡亲，就老区脱贫致富进行实地调研，梁家河是他插队了七年的地方，他说延川是我的第二故乡。他跟乡亲们待了四个多小时，又马不停蹄地赶回延安市。来陕之前，他特意提出要找当年陕甘宁革命老区所属范围的市县领导人一起开个座谈会，了解革命老区脱贫致富的情况，明确思路，推进工作。

下午，延安干部学院1号会议室。习近平总书记在这里主持召开陕甘宁革命老区脱贫致富座谈会，同来自陕西、甘肃、宁夏的24位市县委书记一起，共商革命老区脱贫致富奔小康的大计。会上，总书记对陕甘宁革命老区的历史地位进行了高度评价，他认为，陕甘宁革命老区在我们党历史上具有十分重要而特殊的地位，它作为土地革命战争时期创建的红色革命根据地，是党中央和红军长征的落脚点，也是党带领人民军队奔赴抗日前线、走向新中国的出发点。革命老区是党和人民军队的根，我们不能忘记自己是从哪里来的，永远都要从革命历史中汲取智慧和力量。[1]

---

[1]《把革命老区发展时刻放在心上——习近平总书记主持召开陕甘宁革命老区脱贫致富座谈会侧记》，《人民日报》2015年2月17日。

他要求参加会议的市县委书记围绕 4 个问题畅所欲言，即如何适应经济发展新常态、抓好县域经济发展？如何打好扶贫开发攻坚战、加快改善老区老百姓生活？县一级如何在全面深化改革中积极作为、如何运用法治思维和法治方式推动工作？如何继承和发扬老区光荣传统，切实加强和改进党的建设？要求大家讲自己感触最深、最真实的想法。

座谈会上，部分市县委书记先后发言。他们紧紧围绕总书记提出的问题，结合各自工作实际，谈了认识和体会，提了意见和建议。总书记边听边记，不时询问有关情况，同大家讨论交流，现场气氛热烈。总书记详细了解志丹县生产糜子酒的情况，询问产销是否对路，叮嘱他们要注重打开市场。听到华池县基础设施建设资金缺口大，他说，贫困地区基础设施建设既要抓紧，又要算好投入产出账，让基础设施改善产生明显效益。在分析了陕甘宁革命老区加快发展方面的优势后，总书记一针见血指出了生态环境整体脆弱是其发展的明显制约，推动陕甘宁革命老区发展，必须结合自然条件和资源分布，科学谋划、合理规划，在发展中要坚决守住生态红线，让天高云淡、草木成荫、牛羊成群始终成为黄土高原的特色风景。

陕甘宁革命老区的情况是一个缩影，在会上，总书记深刻指出，一些老区发展滞后、基础设施落后、人民生活水平不高的矛盾仍然比较突出，特别是老区还有数量不少的农村贫困人口，我们必须时刻挂在心上。

在听取大家发言后，习近平总书记发表重要讲话。他指出，加快老区发展步伐，做好老区扶贫开发工作，让老区农村贫困人口尽快脱贫致富，确保老区人民同全国人民一道进入全面小康社会，是我们党和政府义不容辞的责任。对这个问题，我一直挂在心上，而且一直不放心，所以经常讲这个问题，目的就是推动各方面加紧工作。

总书记强调，幸福美好生活不是从天上掉下来的，而是要靠艰苦奋斗来创造。他要求各级党委和政府贯彻精准扶贫要求，做到目标明确、任务明确、责任明确、举措明确，把钱真正用到刀刃上，真正发挥拔穷根的作用。并提出五点要求①，从加大投入支持力度、加快社会事业发展、加大产业培育扶持力度、积极落实改革举措、夯实管党治党基础等方面，作出指示，明确了目标和要求，为老区的脱贫致富奔小康指明了方向。

---

① 一是加大投入支持力度，采取更加倾斜的政策，加大对老区发展的支持，增加扶贫开发的财政资金投入和项目布局，鼓励引导社会资金投向老区建设，形成支持老区发展的强大社会合力。二是加快社会事业发展，重点是发展教育、医疗卫生、公共文化、社会保障等事业，实现基本公共服务对老区城乡居民全覆盖，深入推进老区新农村建设，加强农村环境卫生和住房建设。三是加大产业培育扶持力度，国家大型项目、重点工程、新兴产业，在符合条件前提下，要优先向老区安排；发达地区劳动密集型产业转移，要优先向老区引导；国家建设用地指标，要优先满足老区小城镇产业聚集区建设用地需要。四是积极落实改革举措，认真贯彻中央改革决策部署，针对制约本地经济社会发展的突出矛盾和问题，自觉向改革找突破、要效益，不断解放和发展社会生产力，不断促进社会公平正义。五是夯实管党治党基础，特别要有一个覆盖全面、功能健全的基层党组织体系，有一支素质较好、作用突出的党员、干部队伍，有一套便利管用、约束力强的制度机制，有一个正气弘扬、歪风邪气没有市场的政治生态。要选好配强农村基层党组织领导班子，团结带领农民群众脱贫致富奔小康。详见《把革命老区发展时刻放在心上——习近平总书记主持召开陕甘宁革命老区脱贫致富座谈会侧记》，《人民日报》2015年2月17日。

座谈会开了近三个小时，一直开到将近晚上8点。总书记特别强调，要选好配强农村基层党组织领导班子，团结带领农民群众脱贫致富奔小康。总书记的讲话既是扶贫的动员又是生动的党课，与会市县委书记们普遍表示，不仅要用思路来回答，更要用实践来回答总书记提出的问题、提出的要求，要为老区人民交上一份满意的答卷。

这次会议对精准扶贫工作具有特别重要的意义，座谈会一开始，总书记就开门见山地指出，老区和老区人民，为我们党领导的中国革命作出了重大牺牲和贡献。这些牺牲和贡献永远镌刻在中国共产党、中国人民解放军、中华人民共和国的历史丰碑上。我们要永远珍惜、永远铭记老区和老区人民的这些牺牲和贡献，继承和发扬老区和老区人民的光荣传统，为实现"两个一百年"奋斗目标、实现中华民族伟大复兴的中国梦而不懈奋斗。

总书记明确阐释了"小康不小康，关键看老乡"的内涵。他说："我们实现第一个百年奋斗目标、全面建成小康社会，没有老区的全面小康，特别是没有老区贫困人口脱贫致富，那是不完整的。这就是我常说的小康不小康、关键看老乡的涵义。"

会后，陕甘宁革命老区相关省份认真学习了习近平总书记在座谈会上的讲话精神，人家纷纷表示要从本地情况出发，认真贯彻讲话精神。

革命老区，很多都是老少边穷地区，贫困问题非常严重。陕甘宁革命老区地处黄土高原，气候干旱，土地贫瘠，生态环境脆弱，退耕还林后，植被恢复，自然生态得到改善。延安市的生态农业发展初见成效，红色旅游已经形成规模和品牌。铜川市抓住城市转型和老区建设的机遇，开发建设的照金红色旅游名镇取得成功，照金的城镇化发展创新模式，引起了社会各界的普遍关注，照金老区群众的生活水平大幅提高。照金景区二期项目取得了突破性进展，铜川市决定充分发挥照金红色旅游名镇的示范、引领与带动作用，将红色旅游做大做强，努力改善照金地区的生态环境，发展生态农业和休闲养生项目，实现老区经济的永续发展。

景区管委会主任于明辉还记得，规划设计照金红色旅游名镇时，陕文投和铜川市经过深入考察和论证，确定了"红色即民生"的开发理念，要实现照金"人"的现代化、城镇化，要让老百姓得到实惠。镇政府所在的照金村，平地只有一两百亩，地方很小，镇区历史遗迹也不多，只能靠创意团队设计，达到现代精致、与众不同，至少是国内一流。当时红色文化创意街区，餐饮、客栈、酒吧、红色创意产品等，都是按西安曲江的标准设计的，曲江的设计是按照国际化大都市标准设计的，也就是说要在大山里建一个"国际大都市"标准的小镇，要让小镇居民自豪，要让来旅游的游客惊异、惊叹。设计完成，一做预算，大家心里发毛了，要花那么多钱。陕文投和铜川市都吃不准这个设计规划，符合不符合中央精神，政治上会不会出问题，那会儿十八大还没有召开。于明辉和赵文涛他们的团队拿着规划书专门到相关的政策研究室、党史研究室去咨询和汇报，得到的回答是，给老区群众花多少钱都是应该的。为革命老区修高速公路，改善老区交通面貌，

搞移民搬迁，搞扶贫开发，搞基础设施建设，这都是应该的，都不为过。这才坚定了他们的开发理念和决心，才有了现在的照金红色旅游名镇和照金模式。2016年，照金红色旅游名镇一期项目建设设计拿到了中国勘察设计协会最高奖"华筑奖"。这年，照金景区实现旅游总收入14.74亿元，占铜川市旅游总收入的五分之一，照金村民的收入稳步增长。

习总书记的讲话给铜川市委市政府和照金团队吃了一颗定心丸，他们对二期三期建设更有信心了。照金公司的资产规模已经达到15亿元（2016年底统计数据），还有一些负债。前几年，如果算大账还处于亏损阶段，2016年有微乎其微的盈利，算持平了。主要原因是前期建设项目公共服务的分量大，商业项目分量小。景区管委会的短期目标是把照金景区和大香山景区建成一个大景区，还要治理绣房河的水源，打造整理景区内的湿地，初步计算，需要投资 50 亿元。附近还有三个景区的移民搬迁要完成。

2017 年，照金景区准备强力推进三个创建，即国家级统筹城乡就业创业基地、照金丹霞国家地质公园、省级科普教育基地等，着力打造三个小镇，即红色小镇、体育旅游小镇、度假休闲小镇，加快形成红色教育、体育旅游、度假休闲产业高度融合的照金特色旅游体系，就地安置居民就业创业，为老区群众提供更多的就业机会。推进照金旅游由旅游观光向度假休闲的转型，加快建设酒店、民宿等度假休闲设施，力争迅速将照金的住宿能力提升到2000～3000 张床位，打造度假休闲小镇。薛家寨景区的农家乐，也要进一步扶持。

照金村委会组织班子成员认真学习了总书记的讲话精神，听到延安市委主要领导发言中的一句话时，南民政猛然想到总书记问他照金人均年收入 15000 元时的情景。延安市委主要领导谈道："延安大力发展特色农业，成为农民增收致富的最大来源，但也存在着整体人均收入提高掩盖局部贫困人口收入仍然偏低的现象。"原来总书记早就注意到整体人均收入掩盖局部贫困人口收入偏低的现象了，这种情况不仅照金村有，延安有，其他地方可能也有，看来这是比较普遍存在的问题。

到村委会投票去

照金村民度过了一个热闹繁忙的春节，照金景区的美景跟着习总书记登上了新闻联播，有人在电视上看到家人站在总书记身边，有人看到自己的熟人出现在央视荧屏。煤城铜川的大山中竟然还隐藏着一个现代化的红色小镇！过去，很多人知道照金是革命老区，但照金具体的位置在哪里，照金除了陕甘边革命根据地照金纪念馆、薛家寨、陈家坡会议旧址等红色景区之外还有什么，知道的人就很少了。

老区人民的生活真是一天一个样，2011年春节，照金村还是深山里的一个普通村落；2012年春节，照金村是一个大工地，人们对新生活满怀期待；2013年春节，照金村民在暖气房子里举家团圆，却被镇区蜂拥而至的游客弄得措手不及，看着饿着肚子离去的游客，村民们发蒙之余感到深深的歉灾。失去商机事小，大过年的，没有给游客吃上饭，这可不是照金人的风格。照金村是一个移民村落，历史上这里曾发生过毁灭性的灾难。据村上的老人说，照金最老的家族在此定居的时间只有300多年，没有人家自称"土著"，大家都有来处。南民政说：移民大多是在原籍遇到灾荒或人祸，又不甘心饿死或被迫害，逃离家乡，到别处讨生活的人。这些人大多性格顽强坚韧，吃苦耐劳，勇于求新求变，后来逐渐成为照金的民间文化精神。照金人打小就被父母家人告诫：遇到逃难的，一定要给人一口饭吃，当初若没有得到他人的帮助，就没有你们；遇到需要帮助的人，一定要伸出援手，你今天帮了别人，有一天你落难了，遇到困难了，才会有人伸出援手帮你一把。所以，照金人只要自己有一口饭吃，就不会让身边的人或外来者饿死。生存的艰难，形成了照金人互助友爱、团结协作的大局意识和"抱团取暖"的文化心态。当年这里究竟发生过什么，没有史料记载，村民多是逃荒、逃难的移民，没有留下族谱家谱村志等可供查阅的文献。1929 年前后，也就是历史上的"民国十八年年馑"，中国大面积连年灾荒，照金地区涌入大量陕西关中及山东、河南、四川、山西等地的灾民，劣绅民团横征暴敛，匪祸严重，民众苦不堪言。村民之间依然互相救助，以图共渡难关，直到谢子长带领红军来到照金，老百姓才看到希望。

2015 年春节，习总书记到照金看望乡亲们，给照金带来了新机遇。村民们接受了"红色即民生"的理念，提早做好了春节旅游旺季的准备，但他们还是被游客的热情打动了。照金公司、村集团、照金景区管委会、村委会等共同协作，村民们的服务意识加强了，春节加班成为自觉行为，成为照金人的常态。

又到了村委会换届的时候了，村民们都在忙碌着，商铺忙着接待游客，饭店忙着招聘新员工，开发新菜品，员工们忙着上下班。南民政和村委会的同志们，忙着对贫困户的资料进行

村委会（张航智摄）

深度核查，精准对位，制定扶贫策略。照金村委会也需要补充新鲜的血液，党建工作要加强，精准扶贫要有实效。陕甘边革命根据地时期，基层党组织和农会发挥了巨大的作用。照金村虽然只有1000多口人，但照金红色旅游名镇与照金模式已经成为"样板"。景区的发展带动了周边经济的发展，照金红色旅游在铜川市旅游产业中占据重要地位。照金村委会换届，便具有了格外重要的意义。村民们慢慢习惯了上班下班的现代城镇生活，如何实现经济永续发展，是村民们自己的事，村子也要由村里的能人们来管理，能人还要人品好、有公心，有奉献精神和牺牲精神，大家信得过。这一次，区上镇上都密切关注，随时指示，要求民主选举，选出村民们信得过、素质过硬、能力强的领导班子。

麻雀虽小，但五脏俱全。村社区管理机构由村民委员会、村务监督委员会和村党支部委员会构成，三委会成员民主选举产生，系农村基层自治性组织，原则上不享受国家津贴和工资。村专职委员每月有补贴工资，原则上不得超过当地平均工资水平。村委会是村民委员会的简称，是村民自我管理、自我教育、自我服务的基层群众性自治组织，实行民主选举、民主决策、民主管理、民主监督。村委会办理本村的公共事务和公益事业，调解民间纠纷，协助维护社会治安，向人民政府反映村民的意见、要求和提出建议；村委会向村民会议、村民代表会议负责并报告工作。村务监督委员会[①]简称监委会，主要职责是负责村民民主理财，监督村务公开等制度的落实。村党支部委员会由全体党员民主选举产生，集体领导三委会的工作。

村干部的工作烦琐，待遇低。现在发展红色旅游，就业创业机会多，回村的大学生基本都在照金公司和村集团工作，王小萍、朱锦等都已经是中层管理人员和骨干，让她们回社区工作是否合适，她们一直在外面上学工作，回来也是在公司就业，村上情况复杂，好多人她们都不一定认识，工作起来不一定顺手。社区家长里短的事，她们也未必适应。这次换届，既要吸纳新生力量，也要沿用一些老同志，以保持工作的连续性。在区镇两级党委的关怀下，村民切实行使民主权利，直接提名候选人，村民选举委员会根据推荐候选人要求，即候选人必须是奉公守法、品行良

---

① 2010 年底，陕西省行政村全部成立了村务监督委员会。

好、公道正派、热心公益、具有一定文化水平和工作能力的村民，对照《村民委员会组织法》，对候选人进行资格审查。审查通过者成为正式候选人，村民选举委员会再组织候选人与村民见面，由候选人介绍履行职责的设想，回答村民提出的问题。然后投票选举。

红色旅游名镇建成后，村社区的工作越来越多，办公自动化程度越来越高。资料整理、存档，特别是电子档案的建立，都成为办公的日常。此前，这些事大多由大学生村官负责，最近大学生村官考上了公务员，需要到新的岗位上去，新的大学生村官交接上可能跟不上。南民政意识到社区办公自动化问题必须解决，村委会要有能够掌握现代办公管理系统的成员，以保障工作的连续性。他逐一筛选村上的年轻人，鲁雪艳的身影闪现在脑海中，这孩子生活工作阅历丰富，有12年大城市打拼的经历，还有文秘专业的中专学历，人热心，办事稳妥，年纪不大，已有7年的党龄了。这是个好苗子！家在照金，生活稳定，夫妻和睦，工作起来没有后顾之忧。只是不知道雪艳想不想到社区工作，群众认可度如何。他想先提名候选人，选举结果出来再说。

村委会、监委会选举那天，阳光灿烂，村民们庄严地排着队，手里的选票沉甸甸的，这神圣的一票直接关系到未来的美好生活呀！一定要行使好自己的民主权利。这次选举与之前的选举相比，村民的自主意识更强了，参与意识更强了，更有使命感了。现在有了村集体经济，已经连续三年分红了。新一届村委会要负责以

作者与照金村干部座谈（张航智摄）

后几年村里经济的发展，集体经济关系着每个人的生活质量和生活水平啊，得选出有能力、有公心、肯奉献的领导班子。

选举结果出来了，南民政当选为村支书，梁万营当选为村主任，鲁雪艳当选为村委委员，梁丽丽当选为计生委员，等等，党支部、村委会、监委会的成员都选出来了。他们都向村民表了态，汇报了未来工作的设想。

南民政对这一届班子非常满意，年轻化，是这届班子的特色，年龄梯队合理。梁万营40岁出头，鲁雪艳30岁出头。老中青结合，新老干部结合，传帮带做好，他有决心有信心打造一支新团队。梁万营虽然只有初中文化，但他威信高，在村里人缘好，人聪明大方热心，看起来粗黑高大，实际上心思很细腻，善于做思想工作。他年轻时跟随父亲带工程队，后来自己独当一面，组织

作者采访村主任梁万营（张航智摄）

协调能力、管理能力、赚钱的本事都很强，是村里数得上的能人。有人不理解，知道梁万营情况的记者也总是问他，你包工程那么赚钱，为什么要当村主任，一个月 2200 元补贴，你到底图个啥？当初，他自己也考虑过这个问题，要为钱的话，他没有必要当村主任：不论是包工程，还是开饭店，他都能挣到钱。看看自己的家，妻子贤惠，儿子上大学，女儿聪明可爱，家中也有些积蓄。在村里，他是能人，能人是只为自己吗？那当年红军闹革命是为了啥？他想回馈社会，方式虽然很多，当村主任带领大家脱贫致富奔小康，是最直接的方式。他有愿望，群众信任他，他相信自己一定能做好。农村人常说人活得就是一种乡性，自己日子过得好，的确受人尊重；为他人为社会做贡献的人，不仅受到他人和社会的尊敬，还能实现自己的人生价值，让子孙后代受益。

雪艳被提名村委会候选人时，心里也起了一些波澜。得到村民的认可，是所有从外乡嫁过来的媳妇的愿望；孩子9月份就可以送幼儿园了，丈夫李星还在矿上上班，生活很有规律，工资五六千元，自己在照金书苑酒店做文员，终于可以做年轻时想做的工作了。夫妻俩收入稳定，孩子乖巧可爱。到社区工作，不影响照顾家和孩子，但肯定比酒店的工作要忙。她想还是征求一下李星的意见。李星想起2013年春，村集团面向社会公开招聘，是自己打电话叫雪艳回来。雪艳应聘照金书苑酒店成功，成为酒店的文员。一家人终于可以在一起了。搬进新居，雪艳和孩子都很开心。他知道雪艳喜欢城市生活，现在的生活或许跟雪艳的期待还有些距离，但是一家人和和美美，他觉得很幸福。雪艳是有心胸有想法的女人，不会永远做一个文员一个家庭主妇，她应该有更广阔的空间。若不是为了他和家庭，按雪艳的性子会在西安闯出一片属于自己的天下，或自主创业，或在大公司就职。社区工作，对雪艳来说是陌生的，富有挑战性的，他相信雪艳能做得好。

　　李星事先悄悄问了父母的意见，父母也很赞同，觉得儿媳妇是能干人。儿媳妇当村干部，老人也觉得脸上有光。于是还没等雪艳开口，李星就对她表示祝贺，表示将来一定会支持她的工作，要她认真准备将来工作的设想，还帮她设计村民可能提出的问题，雪艳感觉好温暖。

　　雪艳是村党支部委员，需要接手之前大学生村官的工作，负责党建工作、村户籍资料的整理与管理，还有脱贫攻坚工作。纸质资料的归档，电子资料的录入、日常管理，以及网络信息的发布等，这些她都得心应手，是专业所长。按照规定，她不能继续在照金书苑酒店工作，需全职做村社区的工作，职务补贴比做文员的工资略少些。

2015 年 4 月 21 日，照金村社区微信公众号开通，照金村迈入办公系统自动化阶段，以后村里重要的通知、重要的事项都会通过公众号发布。照金村社区的宗旨是：通过本平台向居民宣传社会主义核心价值观、社区活动、好人好事等；及时向居民发布社区内的重要通知，定期向居民发送社区新闻、便民信息、生活提醒等信息。同时，本社区居民亦可向公众平台发送消息，寻求社区帮助。

5 月 4 日，照金村社区公众号发布了第一个通知。全文如下：

亲爱的照金村村民：

照金村社区 2015 年老年证开始办理，年满 65 周岁的老年人，请于 2015 年 5 月 5 日之前，将身份证交到社区大厅。

尽管第一次发布的消息点击率不高，但它标志着照金村社区工作进入了信息化时代。随后，照金村就陆续建了几个微信工作群和生活群，微信成为村民日常联系与交往的重要方式。

2016 年 1 月 19 日，"照金村之声"开播啦！村民们有了自己的广播站，每天早中晚三次播音。

下　卷　>>

伙食店组的村民们笑了

党中央制定的政策好不好，要看乡亲们是哭还是笑。要是笑，就说明政策好。要是有人哭，我们就要注意，需要改正的就要改正，需要完善的就要完善。

——习近平

村委会新班子选举出来后，南民政跟大家一起讨论了下一阶段的工作重点。他在会上说了自己关于精准扶贫工作的感想和以后的想法。精准扶贫是为了让所有老百姓都过上好日子，小康路上不落下一人。大家一致认为精准扶贫的政策好，照金红色旅游名镇建成后，照金人的生活发生了根本性的变化，但是没有享受到拆迁政策的村民，还有很多人日子过得紧紧巴巴，有些村民小组基础设施建设还存在很多问题，总书记关心的安全住房、安全饮水，生态农业发展，村级路有没有修到每个村民家门口等，很多还没有落实。村委会成员达成共识，下一阶段的工作重点就是精准扶贫，不能让任何一个村民在致富路上掉队。

贫困是世界性难题，人类历史和人类文明史几乎是人类摆脱贫困的历史，无数革命和战争都是因贫困而引发。中国共产党领导中国革命走向胜利的根本保障之一就是土地革命，实现耕者有其田，让老百姓过上好日子。1984年，中共中央、国务院发布《关于帮助贫困地区尽快改变面貌的通知》，1987年、1990年、1994年、1996年，国务院四次下发扶贫文件[①]，扶贫开发工作进入常态化阶段。大规模的扶贫开发，使6亿多农村贫困人口摆脱了贫困，中国成为全球首个实现联合国千年发展目标贫困人口减半的国家。但是，我国人口基数大，贫困人口规模依然庞大，而且主要分布在革命老区、少数民族地区、边疆地区和连片特困地区，这些地区基础条件差，开发成本高，脱贫难度相当大，贫困人口贫困程度深。按照中国扶贫标准计算，2013年底中国还有8249万[②]农村贫困人口。按照2010年物价水平确定的贫困标准是人均纯收入2300元，据此计算2014年全国贫困人口规模为7017万。[③]

国务院扶贫办主要领导在接受中国经济网记者采访时说："以前出台一项政策，一批人都能够脱贫致富，现在剩下的都是'硬骨头'，减贫难度越来越大。"据统计，截至2014年，全国还有14个集中连片特殊困难地区、592个国家扶贫开发工

---

① 1987年10月30日，国务院发布《国务院关于加强贫困地区经济开发工作的通知》；1990年，国务院发布《关于九十年代进一步加强扶贫开发工作的请示》；1994年，国务院印发《国家八七扶贫攻坚计划》；1996年，发布《中共中央国务院关于尽快解决农村贫困人口温饱问题的决定》。
② 这个数据是国家统计局根据全国7.40万户农村住户调查样本数据推算出来的。
③ 李国祥：《习近平精准扶贫精准脱贫思想的实践和理论意义》，中国网2016年2月9日。

作重点县、12.8 万个贫困村、近 3000 万个贫困户。① 这 592 个国家扶贫开发工作重点县农民人均纯收入 6610 元，比全国农民平均水平还低不少，这还仅仅是一个平均数，不能反映贫困人口的真实经济状况。

"精准扶贫"重要思想最早是在 2013 年 11 月，习近平总书记在湖南湘西考察时提出的。在那里，他作了"实事求是、因地制宜、分类指导、精准扶贫"的重要指示。2014 年 1 月，中办详细规制了精准扶贫工作模式的顶层设计，推动了"精准扶贫"思想落地。2014 年 3 月，习近平总书记参加两会代表团审议时强调，要实施精准扶贫，瞄准扶贫对象，进行重点施策，进一步阐释了精准扶贫理念，精准扶贫工作在全国全面展开。精准扶贫是针对"粗放扶贫"而言的，简单地说就是谁贫困就扶持谁。粗放扶贫工作中存在着贫困人口底数不清，扶贫措施针对性不强，扶贫资金和项目去向不准不明等问题，扶贫开发高投入低效能的问题普遍存在，有些重点贫困县为享受国家扶贫政策，舍不得"脱贫摘帽"；有些地区扶贫对象由基层干部推测估算，扶贫资金"天女散花"，导致"年年扶贫年年贫"；个别地方甚至出现人情扶贫、关系扶贫，造成应扶未扶、扶富不扶穷等社会不公，甚至滋生腐败。贫困群众怨气很大。

2015 年 6 月 16 日，习近平总书记考察贵州遵义花茂村时提出精准扶贫的"六个精准"：扶贫对象精准、项目安排精准、资金使用精准、措施到户精准、因村派人精准、脱贫成效精准，为

---

① 李国祥：《习近平精准扶贫精准脱贫思想的实践和理论意义》，中国网 2016 年 2 月 9 日。

精准扶贫指明了努力的方向。[1]

按照《中共陕西省委、陕西省人民政府关于贯彻落实〈中共中央国务院关于打赢脱贫攻坚战的决定〉的实施意见》（陕发［2015］20号）文件精神，铜川市委市政府将"脱贫攻坚"作为2015年的"一号工程和任务"，要求各区县把脱贫攻坚当作"压倒所有的政治任务"。铜川市共有7个深度贫困村，即高尔塬、北梁、芋园、杨家山、代子、梨树、贾曲河等村，均分布在耀州区。除贾曲河村属于瑶曲镇外，其他6个都在照金镇。深度贫困村指贫困发生率40%以上的村落。与芋园村合并前的五峰村贫困发生率高达75%，全村101户，贫困户高达76户。照金镇的扶贫任务格外艰巨。

照金村共有五个村民小组，照金红色旅游名镇开发，涉及拆迁征地的主要是后沟组和照金组，这两个村民小组的情况比较好。伙食店组、孙趄组和杨柳坪组的情况相对差一些。按照部署，村委会的同志对五个村民小组的贫困户情况进行深入摸排，挨家挨户进行核实，建档立卡，深挖贫困根源，寻找适合贫困户情况的脱贫措施。南民政清楚地知道，照金贫困发生率22%，属于一般贫困村，这都是借了照金红色旅游名镇建设的光，开发旅游之前，照金的贫困状况并不比其他深度贫困村好多少。精准扶贫，这个政策确实好，只要能按政策办事，一心一意为贫困群众着想，三

---

[1]2015年12月15日，国务院新闻办公室举行"十三五"脱贫攻坚工作有关情况新闻发布会。扶贫办主任刘永富在介绍相关情况时表示，精准扶贫、精准脱贫是脱贫攻坚的基本方略。精准扶贫和精准脱贫的基本要求与主要途径是"六个精准"和"五个一批"。

年内照金村就能摘掉贫困村的帽子。他和村委会的同志认真研究了村里的情况，移民搬迁可能是解决伙食店组、孙趄组和杨柳坪组大多数贫困问题的方法，但这项举措要由市区镇统一规划，村上只能做摸底排查、组织分配等辅助工作。贫困户临时有突发性事件，需要临时救助怎么办？在基础设施建设方面，通村通组公路的修建与硬化由耀州区公路局统一规划，那村上能做哪些让贫困户尽快得到实惠的事情呢？

南民政和梁万营一起深入村民家中了解情况，走访中，有村民说：你们都住上水气暖齐全的楼房了，我们还要为吃水发愁！村民的抱怨没有错，伙食店组虽然离镇区只有 2.5 公里，但由于山大沟深，自来水还没有通到那里，村民吃水要到沟底去挑，碰到下雨下雪，就更加艰难。过去大家情况都差不多，虽然觉得苦，但大家都一样，也没什么好抱怨的，镇区城镇化之后，这反差越来越大了。梁万营搞过工程，他沿着镇上到伙食店组的小路走了几遍，找懂技术的人询问把管道拉通到组上居民区，需要多少经费，技术上需要哪些指导。考虑成熟后，他在村委会上作了汇报，大家一致认为这符合"党旗领航奔小康活动"的服务宗旨，能切实为村民解决实际困难，两委会成员将日常工作合理分工后，决定 7 月份就开始施工，大家和伙食店组居民一起努力，一定能很快通上自来水。

村委会为节省经费，没有聘请专业的工程队，就由梁万营具体负责，请一个技术人员进行指导，动员伙食店组居民积极参与。给自己家修自来水管道，居民们积极性很高，热情参与，干活卖力踏实。考虑到照金冬季寒冷，铺设管道时就预先做好了防寒保暖措施，梁万营反复叮咛施工人员，保暖措施做不好，冬天就可能会断水，咱们千万不要像其他地方那样大冬天举着火把烧管道，一旦烧炸了管道，更麻烦。

经过 14 天的苦战，伙食店组人饮工程建成了，困扰近 200 人的吃水难问题解决了。村民组的老人、孩子、妇女拿着水桶到供水点，看着清亮甘甜的自来水哗哗流淌，大家的脸上笑开了花。有人高兴地把水拍在脸上，一个小女孩用小手接了水，尝尝说："甜的！"一位老人家说："给我在这里拍个照，再也不用跑着去挑水吃了。"最高兴的自然是妇女们，在农村，很多家里挑水都是女人的活儿，越是爱干净的女人活儿就越重。看到村民们的笑脸，村委会的同志们心里有些难过，老百姓还是好啊，任何一点变化都能换来他们的笑容。伙食店组人饮工程由村集体投资，只用了不到 2 万元，经费使用由监委会全程监督。南民政与梁万营相视一笑，不约而同地想：回去再看看村上还能为贫困户做些什么？

9 月，照金村社区迎来了第一书记贺宝佳。贺宝佳是照金景区管委会规划局局长，拆迁时就在镇上，对照金村有感情，对小镇开发的情况也熟悉。他表示来社区工作的机会难能可贵，他将尽快进入角色，熟悉社区工作情况，真心服务群众，严于律己，充分利用自己掌握的政策、信息、技术等资源，帮助社会居民脱贫致富奔小康，当好社区群众的"勤务兵"和"贴心人"。

野猪来了，收成完了

这几天，照金镇政府农综办的电话快被打爆了，有村干部打的，也有村民打的，都是报灾情的。昨天，华商报的记者打电话来说要采访，这事情真难办！农综办主任朱增强一筹莫展，他已经给镇领导和耀州区农业局上报了，请组织上派人考察统计受灾情况，看能不能给灾民争取一些补偿。

南民政和梁万营站在玉米地里，看着倒成一片的玉米秆，表情很凝重，又有些哭笑不得。派出所的同志也来了，他们也帮不上忙，这贼是国家二级保护动物，不能随意猎杀，赶又赶不走，警察也没有办法。偷玉米的贼每天晚上后半夜准时来袭，有时好几头，最多的时候十几头，村民们庆幸地说："野猪倒是不伤人。就是把这玉米糟蹋的，唉，今年是彻底完了！"

退耕还林之后，照金镇的生态环境改善了，野猪、松鼠、野鸡等野生动物逐渐多起来了。红色旅游开发之后，更加注重生态环境，照金镇的森林覆盖率已经达到75%，年降水量700多毫米。野猪在照金山区没有天敌，繁殖很快，数量越来越多。前几年，野猪偶尔也会到村里偷吃玉米，村民养的猎犬号叫一阵，野猪就走了。还有村民扎稻草人吓唬野猪，或者点一堆火，野猪怕火就跑了。这些办法时间一长，都不好用了，野猪越来越肆无忌惮了。照金村杨柳坪组的赵忠民想起来都有些后怕。那晚，十几头野猪浩浩荡荡地就来了，在地上连拱带打滚，一会工夫一亩地就成了平地，风卷残云一般，场面颇为壮观。村民们远远地看着，心疼得直跺脚。后来，有村民出主意说放鞭炮，村民花钱买来鞭炮在地里放，野猪根本不害怕，还在旁边地里啃玉米。村民们实在是无奈，现在连村民房后的玉米地都躲不过野猪的扫荡。

刚过立秋，玉米即将成熟，野猪闻着甜味香气就来了。离玉米成熟还得十来天，没长熟也不能提前收。这都祸害了一个礼拜了，村民们是欲哭无泪呀！

赵忠民明明知道野猪不怕人，还是每天夜里带着自家的大狗到地里去看玉米。半夜，好几头野猪大踏步地走过来，个头大得很，嗷嗷地叫着，狗吓得趴在地上不敢叫唤。他也只能眼睁睁地看着，今年的血汗钱，就这样被野猪糟蹋了。村上、镇上都来人看了，除了安慰，也没有别的办法。

南民政问："咱村谁家受灾最重？"

"可能是郭春林家，他屋有5亩地，连成一片的地，全被祸害了，几乎看不到一棵完好的玉米。"梁万营说。

"一会咱们过去看一下，甭让他想不开。"

"是啊！昨天给我说，啥办法都用了，野猪防不胜防啊！"梁万营无奈地说。

"还要给村民说，离野猪远一点，千万不要把野猪惹急了。

可不敢伤着人！"南民政担忧地说。对农民来说，粮食就是命啊！

照金镇的村民环保意识很强，知道野猪不能猎杀，他们甚至想通过媒体向社会求助，看有没有更好的驱赶野猪的办法。照金地气凉，一年只种一季玉米，按照往年的产量，1 亩地能产 1000 斤玉米，大约能卖 1000 元左右。农村种 1 亩玉米投入的种子、化肥等成本是 500 元。现在玉米被野猪糟蹋之后，1 亩地最多能打 100 斤，收入连本钱都保不住啊。

天麻麻黑，梁万营一个人站在杨柳坪的地畔上，周围分散着几块玉米地，大片大片的玉米秆倒在地上。昨晚上刚下过雨，地里比较泥泞，隐约能看到野猪留下的蹄印和粪便。小时候，看见一只野猪，都相当稀罕，现在野猪泛滥成灾了。听大人们说，野猪的獠牙锋利得很，成年野猪饿极了连幼年的豹子和豺狗都敢捕猎。自然界中，野猪的天敌恐怕只有老虎、狮子和猎豹了吧！照金村有 70 亩玉米地被毁坏。听镇上农综办的同志说受灾面积大概有 800 亩左右。最严重的是照金村、高尔塬村、麻地村、梨树村等，高尔塬村和梨树村都是深度贫困村，很多村民都靠种玉米生活。他知道再过一会儿，山里将燃起一堆堆篝火，散落在各处。村民们深知野猪不怕火，也不怕人，但他们只能用最原始的办法驱赶它们，尽可能为自己多保存一点口粮。

前些年，煤炭开发，照金镇一下子就开了四家煤矿。煤老板都富了，但四周的村落多出不少寡妇，还有些矽肺病人。私营煤矿对因公伤残者和矽肺病人，大多是一次性补偿，但这些人基本丧失了劳动能力。煤矿过度开采导致的次生灾害，如生态脆弱、地质结构改变、夏季暴雨后出现塌方、地表水渗漏、地下水位下降等频频发生。有些村落井水水位不断下降，绣房河及其支流有些河段冬季断流，山间的小溪和几处湿地都有些干涸了。开始村民们不了解情况，地质专家考察后指出矿区过度开采就会出现这样的情况。区镇开始计划陆续关停煤矿。煤矿给附近村民提供了就业机会，很多家庭因此摆脱贫困；但次生灾害也使部分村民窑洞塌方、房屋裂缝，因房致贫；有些村落吃水难，耕地浇不上水。照金镇因病因房致贫的贫困户最多。

小镇开发给照金村人带来了实惠。生态环境好了，珍稀禽类朱鹮也在照金安了家。为保护朱鹮，政府专门发布了通告，禁止在朱鹮活动区域使用农药，还在50个村安排了监督员。在精准扶贫入户调查中，梁万营发现照金村共有100户贫困户。其中后沟组3户，照金组7户，伙食店组17户，孙趄组20户，四个村民小组合计47户，镇区的后沟组和照金组贫困户最少；杨柳坪组53户。照金小镇一期项目几乎没有征用杨柳坪组的土地，杨柳坪组大多数村民还是依靠农业生产维持生计。今年，野猪祸害最严重的也是杨柳坪组。看着山里星星点点的火光，梁万营只能和村民们一起祈祷，野猪吃饱就不要再来祸害村民了。普通村民应对自然灾害和次生灾害的能力太弱了，太有限了，精准扶贫就像是根据照金村的情况制定的，梁万营在心里想，一定要用好执行好党的精准扶贫政策，想尽办法让村上的贫困户特别是杨柳坪组这些受灾的村民脱贫致富。他为自己选择照金村社区的工作而自豪，在黑暗中，他握紧了拳头，为自己打气。

后来，照金村成立了村互助资金协会和村级经济合作组织①，帮助村上遇到突发灾难的群众，也给缺少资金而致贫的贫困户提供无息贷款，最多1万元。

年底，照金村完成了贫困户的精准识别和建档立卡工作，并将精准识别的八项标准向群众广泛宣传，接受群众监督。风雪中，村委会成员逐一走访慰问贫困户，宣传党的精准扶贫政策，与贫困户一起商议脱贫大计。

---

① 精准扶贫工作全面开展以来，照金镇积极开展各项金融扶贫政策，每个村都成立了村互助资金协会和村级经济合作组织，覆盖全镇898户贫困户，与贫困户建立利益联结机制，为有需要的贫困户发放贷款。自2016年以来，累计上报小额贷款138户，通过审核并放款196户，共计744.6万元，获贷率100%。

野猪来了，收成完了

到照金商城卖鸡蛋去

"我是铜川市照金镇高尔塬村第一书记胡海鹰,现在扶贫工作遇到很大困难,我们帮助群众养的土鸡产的蛋春节后出现大量积压,日产 3000 余枚但销售不畅。希望大家帮忙呼吁一下,我代表贫困户感谢大家。胡海鹰。"

2017 年 2 月 22 日,万般无奈的胡海鹰在微博、微信朋友圈等网络平台呼吁,引发了身边熟人朋友、媒体和社会的普遍关注。几天时间,社会各界通过电话、网络、实地考察等方式帮助高尔塬村贫困户卖土鸡蛋。

高尔塬村是深度贫困村,山大沟深,土地面积少,人均年收入不足 2400 元。全村 208 户 726 人,散居在 11 个自然村里,贫困户 97 户 281 人,占总户数的 46.6%,总人数的 38.7%。4 年前,胡海鹰被派驻担任高尔塬村第一书记。村民们听说他是耀州区经贸局的干部,科级干部,便以为他也是来下乡"镀镀金",觉得他靠不住,对他冷淡怀疑。他丝毫不在意,住在一户村民家里,跟村民同吃同住促膝交谈,硬是用几个月的时间,跑遍全村 200多户,了解每一户的生产生活情况,精准识别精准计划,开展扶贫工作。饮水、修路，既关系脱贫攻坚，又直接关系到民生。要取得群众的信任，就要做点实事。

高尔塬村域内有高尔塬水库，水资源比较丰富，但村民居住太散，水库的水也不能直接饮用。村民的饮用水是山间的泉水，水质没问题，就是远，每天进山挑水，家家户户用水瓮存水，水瓮储水时间久了，边缘会起水腻，黏滑黏滑的，很难清洗。解决吃水问题是一件费时费力的活。胡海鹰四处化缘"跑项目"，2014、2015两年筹资在村上建设了9座蓄水池，蓄水量280立方米，铺设水管9公里，给村民家里安装了水龙头，随用随取。2015年底，全村95%的群众都吃上了干净安全的山泉水。高尔塬村头合作社立了一块牌子，上面写着："人体不是过滤器，饮水不能当儿戏！"他解决的第一个问题就是饮水安全问题，保证了群众的基本生活。这是脱贫的第一步。

第二件贴心事是修路。高尔塬的盘山路蜿蜒曲折，路面坑坑洼洼，别说汽车，人畜行走都艰难。群众秋收、出行都很困难。胡海鹰带领群众对村级路进行了3次大修，路况有很大改变。2015年，村上又新修砂石路7公里，村民干活下地拉粪料方便了，车辆可以正常通行了，解决了出行难的问题。

经过反复调研，他和村委会的同志把发展特色养殖作为村上主导产业，采用合作社加贫困户合作的方式，通过养殖黑羽乌鸡、黑猪、土鸡、鹅等，带动贫困户脱贫致富。特色养殖，讲究的是特色，跟别人不一样，黑猪是有比较好的口碑和市场的，土鸡要散养，黑羽乌鸡是他们从陕南略阳引进的。高尔塬村的土尔坪自然村，山地坡度较小，植被丰富，草籽、野果、昆虫满山都是，适合养鸡。规模化散养，土鸡、乌鸡生病的概率小，但鸡有天敌，那就是黄鼠狼。黄鼠狼是国家二级保护动物，不能捕猎。当地的养殖专家和兽医告诉他们，黄鼠狼怕白鹅，白鹅身上散发出一种气味，黄鼠狼闻到气味就不会来骚扰鸡场的鸡了。所以，照金镇每个村落的养鸡场，包括村民家里养鸡多的，都会养几只白鹅，既能保护鸡群不受黄鼠狼侵害，还能收鹅蛋。家境好点的家庭吃个新鲜，贫困户舍不得吃，就拿到合作社卖掉换点钱。照金生态环境好，野生动物越来越多。2016年1月29日，照金村村民樊亚斌在河道里捡到一只黑色大鸟，通体黑色，两只脚掌和喙都是红色的，喙又尖又长。村民们都认识白色红尖喙的是朱鹮，黑色都不认识。樊亚斌把大鸟抱到村委会，买来小黄鱼喂它吃。村支书南民政打电话找来野生动物保护站的工作人员，经鉴定这是一只黑鹳，国家一级保护动物，因脚趾处受伤落在河道里。

高尔塬村的养鸡场是耀州区宇宏生态养殖专业合作社以合作社为主导带动贫困户脱贫致富的扶贫工程，目前有12户农民参与合作，带动贫困户59户，这些乌鸡、土鸡全部放养，在山坡上吃玉米、麸糠、草籽和昆虫等，绝对是绿色产品。原来养有5000只乌鸡，鸡蛋销路不错，村民收入增加了。2016年6月，村上决定扩大规模，又引进了1万只鸡。农村发展特色养殖业，难免会跟着市场走。扩大生产规模后，市场营销没有跟上，导致鸡蛋出现积压。

胡海鹰坐在合作社里，看着养殖户每天送来3000余枚土鸡蛋，越送越多。他着急上火，天气越来越热，鸡蛋不耐贮存，放久了就不新鲜了。年前，1万只鸡一天能生1000多枚鸡蛋，主要销往铜川市域内；现在一天产蛋3000多枚；天气渐暖，旺季时，一天能产蛋5000余枚。他初步算了一下，如果销路畅通，鸡蛋都能卖出去，每户一年能收入7000多元，这可是地地道道的"扶贫鸡蛋"啊！现在打不开销路，夏天就更难了。

贫困户大多长年生活在山里，对市场了解不多，熟人朋友也有限。他们每天在山坡上照顾那些鸡，已经很辛苦了，天这么冷，山坡上还有积雪。这是他们致富的希望呀。他拿着电话本，挨个给自己熟悉的商户、朋友打电话，推销鸡蛋。还在正月里，很多商户年前进的货还没有卖完，亲戚朋友们的年货还没有吃完。人过年，鸡又不过年，勤劳的鸡妈妈每天都下蛋。

别看胡海鹰54岁，在农村都算是老汉了，在机关单位也是老同志了，可他是个很赶潮流时尚的人，微博微信玩得很溜，玩电商也是行家。春节前，他配合中国电信铜川分公司，建成了逛集网照金商城高尔塬电商服务站，搭建了逛集网网络销售平台，电商服务站直接对接村合作社，购销了村里4万多枚鸡蛋和25头黑猪。春节期间，又攒下5万枚，电商服务站的销售渠道还未完全打开，胡海鹰知道他们起步的艰难，可这些鸡蛋也等不得啊。看着手机，他发出了微博微信向社会求助，就有了开头的那条微博。

网络是社交平台，也是一个有温度的"大"社区。胡海鹰的微博被迅速转发，社会各界纷纷伸出援手，帮助贫困户卖鸡蛋。

铜川日报积极联系社会各界，各路专家出谋划策，热心企业纷纷伸出援手。打开网络销路成为大家的共识。24 日，时任共青团陕西省委农工部部长、三农学者、电商专家魏延安，迅速联系淘宝网、京东商城，建议他们给高尔塬绿壳乌鸡蛋上广告位做网上店铺展示，委托淘宝网的铜川电商"山沟沟青年创业梦之店"店主冉博超担任高尔塬村乌鸡蛋卖家，把淘宝的供应链做起来。他和京东商城谈定，为高尔塬绿壳乌鸡蛋做众筹，当天就开始准备文案和相关资料。

冉博超是行动派，电商经验丰富，他深知鸡蛋是易碎品，长途运输一定要做好包装。共青团铜川市委出面帮忙联系好了包装公司和快递公司。他和胡海鹰去西安对接包装公司，订制运输鸡蛋的专用珍珠棉防护层，根据鸡蛋的大小做成隔档，装盒打包。冉博超准备先发一批货进行省际快递安全测试。如果包装稳妥，物流有保障，14 天后，高尔塬乌鸡蛋就可通过他的店铺销往全国各地。

铜川邮政分公司总经理贾龙专程到高尔塬村了解情况，参观了村上的养鸡场，看到了散养乌鸡的生长环境，活动空间大，养殖密度小，土鸡、乌鸡遍地跑，还有"高级保镖"大白鹅保驾护航，精心搭建的小产房，看起来很温馨。自然散养，减少了乌鸡生病的概率，活动量大，鸡蛋的品质更高。绿壳鸡蛋晶莹剔透，鹅蛋、土鸡蛋、乌鸡蛋等，放在一起，白皮的、粉皮的、红皮的、绿皮的，大的圆润，小的玲珑，看着就养眼。村民们说："我们的鸡蛋是通过了省产品质量监督检验研究院检验的，是真正纯天然的绿色食品。"经检验，高尔塬绿壳鸡蛋具有高维生素、高微量元素、高氨基酸、低胆固醇、低脂肪的特点。他发现这里的乌鸡蛋价位也比较低，在大城市，乌鸡蛋很受欢迎，有的城市卖到3元一枚，村上的乌鸡蛋只卖1.5元一枚，物美价廉，就是销路不畅。他决定将绿壳乌鸡蛋放在邮乐网和邮口福线平台上进行销售，还开展了爱心认购、免费邮寄、订报刊送鸡蛋等活动促销，让大家先知道高尔塬的乌鸡蛋。短短5天时间，邮政平台就帮助销售了9800枚鸡蛋，且主要销往北京、河南、四川、重庆、广东、福建等地，拓展了乌鸡蛋的销售市场，提高了乌鸡蛋的知名度。

陕西青年企业家协会、铜川市烹饪餐饮行业协会、陕西一可一果电子商贸有限公司等商家听到高尔塬村乌鸡蛋滞销的事，纷纷派人到当地考察，或打电话询问情况，想要帮忙销售或商量长期合作；还有辽宁、广州、深圳、西安等地的客商打电话咨询，了解情况；高尔塬村的帮扶单位，即胡海鹰的原单位，耀州区经贸局也在积极筹划对策，想通过招商引资打开乌鸡蛋销路。胡海鹰的电话不时响起，都是外地客商询问情况的，也有热心网友想要帮忙在当地联系销售的。

村民们也在积极想办法，谋求自救。胡海鹰和村委会、合作社的同志每天都在招待各路来考察的单位和人员，一有时间，他就到市内的超市、社区店铺去走访，询问人家是否能销售他们的扶贫鸡蛋。功夫不负有心人，村上与心连心、益佰嘉超市达成协议，超市答应他们2月底就能让鸡蛋摆上货架。村委会也在筹划宣传方案，准备设立高尔塬村绿壳乌鸡蛋网站，通过网络直播鸡舍里母鸡日常生活与生产，让观众看看绿壳鸡蛋的生产过程，打消顾虑，放心地购买食用绿色健康的乌鸡蛋。

截至3月3日晚，高尔塬村积压的5万多枚鸡蛋，已经卖出1.6万余枚。专家牵线、企业助力、村民自救相结合，这次扶贫鸡蛋促销活动体现出中华民族"一方有难八方支援"的美德。铜川日报连续三次集中跟踪报道，陕西广播电视台、华商报、中国网、凤凰网、腾讯网等媒体纷纷报道或转载，淘宝、京东、逛集网等电商平台为高尔塬鸡蛋开设展厅，还有许多热心的、有爱心的自媒体积极转发，形成了全媒体动员、全民关注的营销事件。

产业扶贫是一项长期工作，这种"歼灭战"式的营销，只能解一时之急，解决不了根本问题。

这条微博深深地刺痛了一个人的心，这个人就是中国电信铜川分公司党委书记、总经理延彦斌。他觉得他们做得还远远赶不上群众"脱贫致富"的步伐，群众把住了生产环节，销售环节他们却没有跟上。三个月前，他还在上海举办的"2016中国互联网应用创新大会"上讲话，分享公司搭建"逛集网—照金商城"平台在精准扶贫方面积累的经验，代表公司登上领奖台，领取"中国互联网应用创新奖"。公司的"精准扶贫、电信先行、渠道共享、电商卜乡"农村电子商务发展项目实施一年多来，取得初步成效，得到了业界的认可。公司决定在铜川域内推广，年初，他们就将高尔塬村宇宏生态养殖专业合作社列为中国电信逛集网原产地直供基地，还帮助村里搭建了逛集网—照金商城网络销售平台。"电商＋合作社＋农户"是铜川市政府与高校联合探索出的一条适合地方经济发展的扶贫模式，已经取得初步成效，但推广的速度还是没有跟上。延彦斌深知高尔塬村的乌鸡蛋滞销绝不只是个案，要迅速布点，产业扶贫，销售环节不能掉链子。东西卖不出去，经济损失严重，失去民心更严重。

2015 年，铜川市确定了"电商 + 扶贫"的产业扶贫思路和建设方案，投资 1000 万元，分两期进行项目建设，周期约 5 年，目标是实现铜川市电商全覆盖。9 月，耀州区被确定为陕西省电商扶贫、旅游扶贫、产业扶贫试点区。10 月 5 日，中国电信铜川分公司与逛集网、西安邮电大学张鸿教授的电商团队合力打造了"逛集网—照金商城"电商平台，配合市政府的一村一品产业扶贫理念，将铜川本地的农副产品通过电商卖到全国去。

铜川市积极促进一村一品和休闲农业的发展，市政府印发了《实施一村一品百村示范整体推进工程规划》，市农业、扶贫、财政、信用联社又联合下发了《关于做好一村一品示范村贷款贴息工作的通知》。市政府明确提出了发展一村一品"111"目标，即建成 100 个一村一品专业村，10 个一乡一业示范乡镇和 1 个一县一业示范县区。各区县也根据这两个规划，立足特色，因地制宜，制定了相应的产业提升规划。市政府累计争取省市财政专项资金 2245 万元，扶持一村一品及村域经济发展，重点倾向于生产标准制定、生产技术培训、"三品一标"认证、产品宣传推介、区域品牌培育等，促进了苹果、樱桃、核桃、畜牧养殖等主导产业区域板块的形成。高尔塬村的乌鸡养殖就是这一政策扶持的产物。陕西照金现代生态休闲农业示范园被评为"全国休闲农业与乡村旅游示范点";王益区孟家塬村、塬畔村,新区陈坪村,耀州区马咀村等被评为"全国一村一品示范村";印台区陈炉镇、广阳镇等被评为"全国一乡一业示范镇";等等。

照金村通过铜川市耀州区明志农业科技有限公司,引进了藜麦种植项目,采取"公司+农户"的订单农业方式,带领村里的部分贫困户种植藜麦。藜麦是南美洲的优质粮食作物,耐寒、耐旱、耐碱性,适合在高海拔地区和山区种植。藜麦是印第安人的传统主食,种植和食用历史已有6000多年,和水稻一样悠久。藜麦营养价值丰富,是目前市面上最贵的"粮食",价格一般在50～100元①之间。20世纪80年代,美国宇航局就将藜麦作为宇航员的口粮。2013年,被联合国定为"国际藜麦年"。藜麦在甘肃、青海等地有大面积推广,采用订单模式,带动贫困户脱贫,即公司提供种子、技术指导、回收果实,回收价4～5元,贫困户没有后顾之忧。甘肃天祝创造了"3万亩藜田带动8个村农户脱贫"的好成绩。照金以前一年只能种一季玉米,玉米价格一元每斤,去年又遭到野猪侵害,很多农民收入严重缩水。藜麦的价格是玉米的四五倍。甘肃藜麦亩产能达到500～800斤。照金的地理环境和气候非常适合藜麦生长种植,参照甘肃的亩产和收购价格,种植藜麦的收入要高于玉米数倍。为鼓励村民种植藜麦,镇上还专门在1933广场召开了照金村精准扶贫捐赠暨陕甘

---

① 我国刚刚引进藜麦时,藜麦价格高达200～220元每斤。2018年,价格在20～50元每斤,现在一般在50元每斤。

金藜开园仪式[1]。中国兵器装备集团摩托车检测技术研究所还专门为村上种植藜麦的贫困户捐赠适合山区行驶的摩托车 15 辆，支持贫困户勤劳致富。

逛集网的前身是大秦岭特产网，2013 年 12 月正式上线，是陕西本地的农村电商平台，旨在搭建城里人的餐桌与农村人地头农产品沟通的桥梁，让农民得到经济效益，让城里的消费者买到放心的产品。网站创始人杨森就是陕西山阳人，在北京中关村漂泊 15 年后，回乡创业，最初营业范围是传统 IT 行业，诸如计算机软件开发、技术服务、智能制造、电子产品设计销售等。当他看到商洛大山里优质的农产品和土特产卖不上好价钱，而城里消费者食用的端上桌的农特产品价格却翻了好几倍，于是他投资搭建了大秦岭特产网。网上农产品卖得不错，却出现了新的问题——农产品质量难以把控，投诉增加，客户流失，创业团队很苦恼。

张鸿教授来了，他为山阳电子商务策划顶层设计，他说电商是"一把手"工程，政府要统一规划，大力扶持。山阳地处秦岭深处，是国家级贫困县，以农业为支柱产业，要打好"精准扶贫"这张牌。2014 年底，逛集网诞生了。

2010 年之前，张鸿[2]和许多大学教授一样在高校的书斋里做学问；承担了陕西省电子商务研究课题后，他发现城里淘宝购物很方便，西北农村却经常出现农副产品积压，卖不上价等现象，甚至有积压过剩腐烂的情况。陕西省白水县出产优质苹果，20 世

---

① 2016 年 9 月。
② 西安邮电大学教授，电商专家。

纪90年代，白水苹果在人民大会堂举行新闻发布会，带动了地方经济的发展，富裕了一方百姓。陕西很多地区开始大力发展苹果产业，出现了产能过剩和恶性竞争等现象。2000年以来，陕西苹果的销售市场没有被完全打开，致使苹果之乡白水出现了一个让人痛心的现象，据传白水很多农户的苹果卖不出去，只好喂猪，常有腐烂的苹果堆积在村民院门外或公路边。如果谁家的孩子不好好写作业或者犯了错，家长就会说：今天晚上不准吃饭，吃二斤苹果。传说苹果醋可以减肥，猪吃了苹果还不长膘。万般无奈之下，很多农户砍掉了苹果树，改种小麦和玉米。曾经轰动一时的苹果之乡，种植面积大幅缩小，洛川苹果后来居上，逐渐占据了陕西苹果的高端市场。

张鸿走出书斋，带领研究团队下乡了。他给农民讲电子商务，免费开办电商大讲堂、电商培训班。很多农民不相信，觉得他吹牛，一根网线，一台电脑，坐在家里，就能把我们的东西卖出去？他们摇头了。张鸿意识到电商扶贫单靠专家和农民是不够的，必须有政府引领，企业带动。

任何事起步都不容易。2013年12月，陕西农村电子商务从武功县起步，一年内实现总销售额3.6亿元。张鸿打造的"武功模式"获得成功。武功是粮食产区，自身农特产品种类有限，但武功具有特殊的区位优势和交通物流优势，张鸿想起他在西北考察时发现青海、甘肃、西藏淘宝下单人数不到1%，便设计了一种适合武功发展实际的新的电商模式，即买进卖出，"买西北，卖全国"，将武功做成了西北地区干果类产品集散中心，引进知名电商企业 168 家，电商每天发货 8 万余单，日交易额 500 多万元，电商创业人员近万人，促进就业 2.5 万人。农村电商促进了武功和西北地区农产品产业链效益的提升。

山阳县政府大力支持电商发展，设立了科级建制的山阳电商服务中心，事业编制，县财政每年投资 1000 万元扶持电商企业成长，推出提供办公场所、住房、培训和金融信贷、物流配送、宣传营销等多项扶持政策。张鸿和他的团队负责为山阳电商发展做顶层设计和发展规划，有了政府的政策支持和财政支持，接下来就是培植有发展潜力的电商企业，带动中小电商企业共同发展。下一步是电商培训，人才是关键，张鸿教授带领他的团队将培训班开到了村镇，以当年办扫盲班的方式，为农村培养电商人才。逛集网应运而生，他们要把逛集网打造成陕西农民的扶贫网站，把农村的土特色卖出去，把城里的好东西送到乡下，让农民足不出户就能实现商品流通。张鸿在山阳创造了两种电商模式：一是"互联网＋旅游＋农业"的旅游电子商务模式，发展以漫川古镇、天竺山为代表的旅游业；二是"自建平台＋政府＋协会＋龙头企业＋合作社"的农村电子商务新模式，将秦岭的核桃、香菇、木耳等优质农产品卖出去。先后在镇级建成电商服务站 18 个，在村级建成电商服务点 98 个，其中贫困村 59 个，为网销农产品提供了有力支撑。物流体系建设是电商发展的保障，几年来，山阳实现了从最初村民们自发动员亲戚、邻居捎货到物流快递全覆盖的目标，快递站点覆盖全县 190 个村，覆盖率达到 80%。电商培训规模越来越大，参加人数越来越多，包括回乡创业的大学生、农产品企业、农民合作社负责人和种养大户等。"山阳模式"①成为落后山区发展电子商务的成功范例。

张鸿在设计规划铜川电商发展模式时，想到了两个关键词：红色旅游，精准扶贫。铜川正在实现城市的转型升级，但在省内外很多人心目中铜川是个工业城市，工业城市发展农村电子商务，总是觉得不太顺口。最近几年，铜川大樱桃、铜川苹果等品牌虽然逐渐打开了市场，但还是受地域的限制，比如提到樱桃，白鹿原樱桃和铜川大樱桃，且不说品质如何，单是"域名"，铜川就不占优势。照金红色旅游名镇，依托红色资源，发展迅猛，知名度、口碑都很好，是革命老区，又是贫困山区，还是精准扶贫的重点地区。与逛集网合作开发照金商城的策划就这样产生了，张鸿要协助铜川市打造"逛集网—照金商城"这一电商品牌。

2015 年，中国电信铜川分公司成立了电子商务推进办公室，以"政府牵头、学商协同、企业主导、市场运作"为运作方式，推动铜川农村电子商务快速起步。11 月 11 日，铜川市召开加快推进农村电子商务发展会议，铜川市商务局、西安邮电大学、中国电信铜川分公司、逛集网联合签订战略合作协议。会议决定搭建"逛集网—照金商城"电商平台，建设铜川本地特色产品馆，

---

① 山阳模式的特点是：立足于大秦岭特色资源和优势产业，重点打造现代材料、绿色食品、生物医药三大特色产业的电子商务；搭建以逛集网为代表的自有电商平台，并积极与国内大型第三方平台合作；政府和服务商共同承担并提供配套服务；线上线下融合和进城下乡互动；以打造农特产品为突破口，建立完整的电子商务生态系统，有利于地方传统产业电子商务化，从而进一步扩大县域经济规模，形成"互联网+"时代下的县域经济发展模式。

促进本地农副土特产品组织进馆、上网销售，开展农网对接活动，促进农产品网上销售。当天，铜川市、耀州区农村电子商务研发中心建成启动，照金镇、小丘镇农村电子商务服务中心和石柱村农村电子服务站同时启动，铜川市"市县镇村"四级电商网络正式启动，逛集网—照金商城把农村电商服务延伸到了"最后一公里"，形成村民"一公里"生活圈，实现了农民四个不出村："买卖不出村、办事不出村、金融不出村、创业不出村。"

"做最接地气的服务"是照金商城的服务宗旨。2016 年底，铜川市实现了每个乡镇建成一个服务中心，全市 80% 的行政村建设完成村级服务站，完成了光网 4G、WiFi 农村网络全覆盖及物流体系建设目标。共建成 1 个平台（照金商城）、1 个研发基地、1 个市级运营中心、7 个乡镇级服务中心、20 个村级服务站、1 个农村电子商务培训中心，照金商城年交易量超过 1000 万元，方便了村民的生活，带动了村民就业。村级电商服务站是综合信息服务站，主要有 8 项职能：电信业务、金融业务、网络代购、物流货运、快递收发、电子商务培训、保险受理、农产品销售等。村民可以在服务站交电话费、网络费、水电费，购买天然气，交医保和社会保障金，办理贷款业务，等等。经过一年多的运营，形成了"原产地直供基地＋平台"体系建设，打通"农产品进城，工业品下乡"的双向通道，以各级农村电子商务服务站为服务网络的照金电子商务模式。"照金模式"① 获中国互联网创新委员会颁发的"2016 中国互联网应用创新奖"，照金电商发展案例被《2016 年中国农产品电子商务发展报告》收录。

照金镇农村电子商务服务中心建在照金景区文化创意街区，是一个集旅游、文化、纪念、名优特产为一体的特色服务站点。这里每天客流量达到 3000 余人，张鸿和他的团队看上了照金的品牌优势和区位优势，每一个游客都是照金商城的义务宣传员。游客在红色旅游景点还能体验原产地网上购物的快感和新鲜感。游客们在商业街区购买的土特产可以直接通过电商服务中心快递到家，既可以自己邮寄，也可以让商户代发快递，非常方便。游客在服务中心展示厅看上的农特产品，或现场购买，或网上下单，自由随意；自主选择快递到家的时间，既减少了旅游的行李，也可以自由安排行程。快捷的物流使商业街的生意更好了。照金已经成为一个"金灿灿"的招牌。

照金红色城乡统筹就业创业培训基地，在照金城镇化的过程中，发挥了重要的作用。基地在电商专家的指导下，积极做好电商扶贫专项培训，为电商扶贫试点工作储备人才。铜川市共建成 30 个电商扶贫点，市委市政府给予政策和资金扶持。扶贫点的电商培训以创业大学生和村民为主要对象，村干部也踊跃参加，高尔塬村第一书记胡海鹰就是培训中涌现出的好学员。一年多时间，

---

① 张鸿教授将"照金模式"概括为"政府管理＋逛集网平台＋电信网络＋服务实体站点＋供货商＋物流仓储"的跨行业合作的电子商务体系。照金模式被国内许多贫困山区借鉴和引进。

基地培训人数达到 500 人次，就业达 100 人次。针对贫困户的实际情况，基地整合各种交通资源，鼓励年轻人参与物流环节，培训他们掌握现代乡村电子商务物流技术，打造出"定时、定点、定班线"的物流模式，形成了节点、支点、中心相互支撑的双向货运物流配送体系。摩托车、农用三轮车、面包车等交通工具都能充分发挥优势和作用，还不影响有地的农民从事农业生产。截至 2018 年底，铜川市共建成贫困村村级电商服务站 199 个[①]，全市电商交易规模 13.9 亿元，零售额达到 4.24 亿元。耀州区、宜君县和印台区等 3 个国家级贫困县先后被确定为全国电子商务进农村综合示范县，获得中央财政支持 5000 万元，耀州区在全国电子商务进农村综合示范项目绩效评价考核验收中获得优秀等级，带动 20%～30% 的农村人脱贫致富。

高尔塬村乌鸡蛋滞销的消息通过微博微信曝出之后，中国电信铜川分公司和"逛集网—照金商城"迅速反应，分析市场，寻找出路。延彦斌组织相关人员调研讨论，大家一致认为虽然高尔塬村被列为中国电信逛集网的绿色农产品供应基地，村上也建立了电商服务站，但电商服务站刚刚起步，销售渠道还未打开。高尔塬村绿壳乌鸡蛋积压的主要问题是品牌知名度太低，市场认可度不高，形势依然严峻。

2 月 22 日，微博发布时，高尔塬村积压鸡蛋 5 万余枚。铜川

[①] 全市共建成县级电子商务运营中心 5 个，乡镇（街道办）电子商务服务中心（所）34 个，村级电子商务服务站 380 个。市县两级财政共投入 3000 余万元，吸纳社会投资 1.05 亿元，加速了农村电商的布局。

日报记者统计了 2 月 27 日至 3 月 3 日累计销售鸡蛋数量是 1.6 万多枚。以每天收获 3000 枚鸡蛋算，从发微博的第二天算起，9 天时间，应收鸡蛋 2.7 万枚，加上之前积压的 5 万枚，减去销售的 1.6 万枚，截至 3 月 3 日，高尔塬村积压的鸡蛋数量是 6.1 万枚。望着堆积如山的鸡蛋，胡海鹰的心依然沉重，这次网络营销让高尔塬村鸡蛋进入了消费者的视野，引起了社会各界的高度关注，但短期行为解决不了长期问题。有意向的超市、客商还要进一步跟进，宣传还要跟上。领导说农村好的绿色土特产品和城市餐桌之间缺少一个便捷的渠道，选好了渠道，销售难题便可迎刃而解。他在经贸局工作这么多年，道理他自然懂，他已经动用了个人全部的资源和智慧，学会了农村电子商务的操作和运营，协助搭建起了"逛集网—照金商城"的村级电商服务站，年前也通过照金商城卖出去了 4 万多枚鸡蛋和 25 头黑猪，可还是赶不上鸡蛋生产的速度。

中国电信铜川分公司准备派出专业人员协助高尔塬村进行产业升级，拓展销售渠道。确立了从产品到商品、单干到合作、产业到规模的三步走战略，即采用机关餐桌直供、订制销售、分销代理、网络营销等方式，帮助高尔塬村乌鸡蛋打出品牌、走向市场。胡海鹰对这个发展战略非常认同，也期待着专业人士的引领。每天都有面带喜色的村民端着一盘盘鸡蛋或一篮篮鸡蛋送到合作社，一枚枚鸡蛋寄托着他们脱贫致富的希望。他想要好好配合"逛集网—照金商城"的宣传活动，负责宣传推广的张亦欣跟他谈了宣传策略。他们联系了西安的秦影文化传播有限公司，准备帮助村上拍摄乌鸡蛋的视频宣传片。影视公司还联系了西安石油城等小区，在智慧小区 APP 上对高尔塬村乌鸡蛋进行宣传。照金商城还准备和影视公司联手，通过他们的平台在高尔塬村打造一档接地气的电视娱乐节目，宣传高尔塬村的好环境好生态。这些都是美好的愿景，当下最重要的问题是怎么把这些积压的鸡蛋卖出去。

一村一品，照金、小丘等镇村级电商已经运营一年多了，他们的销售渠道更畅通，借助他们的销售渠道，把各村的特产打包出售，或者借助他们的销售渠道，大家互相借力，建成一个庞大的销售网络，比每个村单打独斗销售单一产品肯定要好。专家指出发展路径，具体实施还得靠自己。胡海鹰与村委会的同志立马行动起来，调动所有村民的积极性，拓展销售渠道，继续发挥电商优势，传统销售渠道也绝不能放弃，小商户、餐饮店、超市等订单，必须有专人跟进。

村民渐渐意识到销售不仅仅是合作社的事，而是每个村民自己的事。在广大农村开始流行这样一句话："老乡，不上网真的没前途！"到照金商城卖鸡蛋，到照金商城卖虎头鞋，成为村民们的自觉行为。照金商城不只管卖东西，也管买东西。在电商服务站，村民可以享受到购物、支付、查询、退换货等"一站式不出村"网络购物服务，手指一动，电视、冰箱、洗衣机、勺子、袜子等大大小小的商品都能送到家，实现了"工业品下乡"的愿望。电商服务站让农民的世界无限扩大，足不出户，便能看到、买到过去只能在电视上看到的东西。电商服务站改变的不仅是消费习惯，还是生活方式和生活理念。80 岁的老奶奶也知道把自己做的猫头鞋、虎头鞋拿到网上去卖钱。印台区广阳镇井家堡村的蒋秀华老人不会上网，她把猫头鞋拿到村电商服务站，工作人员帮她放到网上去卖，一双单鞋45元，一双棉鞋88元。村里很多妇女都重拾织布、做鞋等传统手艺，把家乡的产品通过网络卖到全国去。"逛集网—照金商城"有个口号"把家乡放到网上，把特产卖向全国"，农村电商成为贫困户脱贫致富奔小康的好帮手。

鲁麦莲的"新生"

年底是村委会最忙的时候，年终分红、走访贫困户是两大任务，村委会的同志各自忙碌着。梁万营风尘仆仆地走进村委会，南民政放下手头的事，问道："人接回来了。"

"接回来了，送到家里去了。"

"今年收入也不错，老樊能过个安生年了。"南民政如释重负地说。

梁万营去市精神病院接帮扶对象樊荣耀的小儿子和大儿媳妇去了。樊荣耀年轻时也是村里的能人，还当过村上的会计，日子过得很不错。没想到，临老了，日子却越过越恓惶。大儿子上学一般，平日里种地打工，很辛苦。家境不好，好容易娶了个媳妇，神经还有点不正常，至今也没生下一儿半女。媳妇不时还犯病，需要人照顾。小儿子，原本聪明乖巧，年轻时喜欢上一个姑娘，恋爱不成，受了刺激，精神失常，啥也干不了；发作时，摔东西，打人，家里根本没法控制。老伴积劳成疾，病倒后半身瘫痪，生活需要照顾；老樊70多岁了，身体也不好。樊荣耀一家没有产业，只有耕地7亩，靠农业为生。去年年底，因病、因残、缺劳力，樊家被精准识别为建档立卡贫困户，村里对他们进行定向帮扶，梁万营是帮扶人。根据他家五口人，两人智力残缺，一人有慢性病，一人年迈的现实情况，首先实行健康帮扶，一家人都参加了合作医疗和养老保险，对小儿子和大儿媳实行医疗救助，对老伴实行慢性病救助。入冬以来，这两个精神有问题的人病情加重，村上派人将他们送到市精神病院进行住院治疗。医院通知说两人情况好转了，梁万营又开车将他们接回家，好让他们一家团圆过个好年。一家人只有一个劳力，村上对他们实行了兜底帮扶，将他们一家人纳入低保。大儿子樊明清被安排到照金村集团就业，每月有固定工资，年收入达到19200元。一人就业，全家脱贫。

2016年，樊荣耀家全年收入31736.68元。工资收入之外，还有财产性收入2000元，转移性收入10536.68元，人均纯收入远远超过了当年3015元的脱贫标准。由于移民搬迁房尚未到位，村上将樊荣耀家脱贫摘帽的时间定为2017年。按照脱贫指标，他家只有住房还未达标。

说完樊荣耀家的事，南民政说："明儿你去西安吧，那个谁，闵永宏媳妇生娃出事了。"

"我知道，我同学那些还给捐款了，网上都报了，说是还上电视了。"

"嗯，就是。那媳妇也是命苦。"

"本来日子就有难处，又出了个这事，真是屋漏偏逢连夜雨啊！"

"明年脱贫，我看危险了。你把咱村群众的捐款给他们带上，代表村委会去看一下,问问还有啥困难,村上想办法给帮忙解决。"
南民政担忧地说。

　　闫永宏家是 2015 年底照金村建档立卡的精准扶贫对象。12
月 16 日深夜,闫永宏媳妇鲁麦莲经历了一场生死考验。晚上八
点多,39 岁的高龄产妇鲁麦莲生产时因胎位不正、胎盘早剥等状
况导致大出血,铜川市耀州区当地医院建议紧急送往西安交大二
附院。重症监护科主治医师刘敏龙迅速诊断:胎死腹中,产妇出
血量已经超过身体总血液量的三分之一,情况十分危急。急诊科
实施了剖宫取胎术。由于产妇是 ABRh 阴性血,俗称熊猫血,在
我国,汉族万人中仅约 1 人为此血型,医院血库多年储备血量加
上紧急外调也只有十几个单位。医院紧急开启生命救援通道,向
媒体和全社会公开求助。西安交大二附院微信公众号以"突发事
件"发出消息,很快陕西日报、陕西电视台、华商网、华商报、
阳光报、西安日报、西安晚报等媒体核实消息后迅速转发,中国
志愿者等自媒体和爱心人士在网络平台及个人微博微信转发,迅
速成为一个全国性的生命救援活动。

　　17 日清晨,病人再次大出血,有 DIC(弥散性血管内凝血)
倾向,医生二次手术切除子宫,出血量共 4000 多毫升。医院动
用了西安市血站的所有库存,中午 12 点,经过 3 个多小时的手术,
鲁麦莲被推出手术室,情况暂时稳定。当时已有 4 位志愿者主动
献血,血液存量勉强维持病人下一阶段手术近 2000 毫升的血量。
如果出现意外,还将面临 1 万毫升血液的缺口。二附院输血科的
工作人员被古城市民的爱心深深感动着,晚 6 时许,医院发布

消息：感谢媒体关注与呼吁，感谢爱心转发，更感谢献血者和提供有效线索的人，血源现已充足。产妇经过输血等救治，生命体征渐趋平稳，已转入重症监护室治疗。

在全社会的爱心接力下，鲁麦莲获得了新生。医院妇产科副主任李牧负责鲁麦莲的后续治疗，当他得知病人曾有一个儿子因病夭折后，他建议家属将病人七岁的女儿送到西安进行一下检查。这个女孩是病人唯一的血脉，他希望这个女孩健康快乐地成长，希望病人尽快康复。经过系统检查，女孩确认血型正常，身体健康，没有先天性不足。看着病人一天天康复，医院各科室的医生十分欣慰。鲁麦莲住院期间，有很多爱心人士到医院探望，赠送钱物，鼓励她战胜病痛，重拾生活的信心。有一个老大妈几次到医院看望她，老人家从女人的内心出发，以过来人的经验开导她，安慰她，让她凡事往好处看，人活着，日子总会越过越好。鲁麦莲，这个身形瘦小羸弱的女子，内心隐藏着多少苦痛啊！39岁的农村妇女，多年期盼的儿子胎死腹中，子宫切除，九死一生，还欠下十几万的医药费，原本贫困的家庭无疑是雪上加霜。血液里流淌着好多人的鲜血，她的生命承载着太多的爱。鲁麦莲在病床上沉默着，事情太突然，信息量太大，她的痛苦、哀伤、感激及对未来生活的恐惧让她无法呼吸，无法思考，她觉得自己是人世间最不幸的人，又是人世间最幸运最幸福的人，她感谢这个世界上所有的人，特别是向她伸出援手、献出爱心的人，护士告诉她，很多人为她献血，有一个北京武警总队的小战士，从微博上了解到她急需输血，主动到部队医院献血，指定捐献给她。小战士的鲜血从北京辗转空运到西安，送到二附院的血库。她不知道小战士的名字，但她知道她的身体不再只属于她，她的生命应该属于更多的人，好好活着，才能对得起这些人，对得起这个充满大爱的世界。

村镇的干部、婆家娘家的亲戚、邻里朋友、小姐妹们，也从各个地方赶来探望她，为她捐款的人也很多。听到她的意外，丈夫闵永宏的初中同学微信群，马上倡议为鲁麦莲捐款，梁万营捐款300元，同学们决定让梁万营代表大家去医院探望他们夫妇。带着同学和村里人捐的6000多元，梁万营以同学和村主任的双重身份，在医院见到了病弱的鲁麦莲。她更显瘦小了，努力地想挤出一点笑意来，但眼角的皱纹里有着无尽的哀伤。他的心不由颤动了，这么要强的女人，咋就遭了这么多罪呢，他深感责任重大，

作者在鲁麦莲家采访（张航智摄）

鲁麦莲的"新生"

一定要帮他们渡过难关。"花了这么多钱，我以后该怎么办呀！"看着这些熟悉的面孔，鲁麦莲无法控制自己的情绪，眼泪止不住流下来。"我是命里没儿啊！"丈夫赶紧劝她，我们还有女儿啊！梁万营答应鲁麦莲帮她仔细了解大病医疗的政策，争取为她报销更多的医疗费，让她好生养病，病好了，从头再来。他笑道：你可是咱村上的能干媳妇啊，我同学还指着你过日子呢！

鲁麦莲是照金镇田峪村人，出生在普通农家，她是老大，家里兄弟姊妹多。她小时候很喜欢读书。小学三年级时，母亲告诉她家里穷，弟妹多，女孩子认字就行了，要她辍学照顾家里和弟妹。鲁麦莲心里是不情愿的，但没法忤逆母亲，家里也有难处。背地里哭了一场后，她开始下地干活、做饭、打猪草、喂猪、照顾弟妹，努力地帮衬父母。16岁，她就在村人的帮助和介绍下，到耀县打工。由于文化水平低，她只能做简单的工作，给工地上做饭，给单位打扫卫生，或者做零工。她勤快利索，人也干净伶俐，大家都喜欢她。转眼20岁了，家里人给她介绍了对象，要她回去相看。男方是照金村人，镇子边上的，母亲觉得不错。鲁麦莲见到男孩，心里有些难过，男孩个子不高，人瘦小，关键是左手还有问题。她很失望，母亲告诉她嫁人关键是人好，家风好，人品好，长相都在其次。闵家一家四口，老父亲带着二个儿子过活。闵母早年病逝，闵父一个人拉扯三个孩子，又当爹又当妈，日子虽过得不富裕，但他是过日子的好手。没有婆婆，你嫁过去就当家，一辈子不受婆婆的气。只要你勤快点，日子还不是人过的。鲁麦莲觉得母亲的话也在理。

闵永宏小时候调皮，过年跟同学放鞭炮、玩雷管炸伤了左手，左手食指、中指、无名指齐根被炸掉，仅存的拇指和小手指还缺了一点。但他聪明能干，也肯吃苦。他对鲁麦莲很满意，态度积极。鲁麦莲知道他的手是意外受伤后，看到这家人诚恳，也打消了顾虑。

婚后的生活平淡甜蜜，果如母亲所言，结婚不久，公公就让她当了家，丈夫也在附近的煤矿打工，工资收入不错，家里的日子越过越好了。公公操劳半世，日子刚好些，却病倒了。老人临终前，拉着鲁麦莲的手说："这个家就交给你。答应我，给你两个弟弟盖房娶媳妇。"看着家里那六十平方米的旧房子，怎么娶回两房媳妇啊！两个弟弟渐次成人，鲁麦莲带着两个弟弟在几亩地上劳作着，挖药材、打零工，不放过任何挣钱的门路；在家里精打细算，拼命攒钱。亲戚朋友看着她这样劳作，也很心疼，一个远房姑姑给她出了个主意。闵家三兄弟，何不招出去一个，又不影响闵家的香火。当时鲁麦莲育有儿子，兄弟三人也同意，姑姑给老二介绍了西安郊县高陵的一户人家，家里条件不错，老二看了，觉得女孩和老人都和善，高陵地方也好，就入赘了。几年后，鲁麦莲和丈夫集中全家的积蓄，又借了些钱，为三弟盖起了新房，娶了新媳妇，三弟立户单过。夫妻俩终于松了一口气。

穷家小户的日子实在是经不起任何风霜，鲁麦莲的儿子因病夭折，一家人伤心不已。鲁麦莲觉得自己一下子回到了解放前，在农村，儿子就是女人生活的动力与希望。儿子没了，她仿佛失去了生活的方向。丈夫看在眼里疼在心上，2009 年，他们添了个女儿，女儿乖巧可爱，鲁麦莲又燃起生活的希望。

照金红色旅游小镇建设给照金人带来了全新的生活和理念。鲁麦莲家离镇区远，不是拆迁户，全家依然住在破旧土木结构的平板房里，但村集团的集体分红、土地流转费用，他们都有。镇上就业机会越来越多，鲁麦莲在镇上打零工，收入比以前好多了，家里的外债也还得差不多了。日子好过了，国家的二胎政策放开了，鲁麦莲的心又活络了，她想要个儿子。丈夫有点担忧，鲁麦莲前两年生病手术，身体较弱；由于资源枯竭，加之照金域内又发生煤矿安全事故，先后有三家煤矿被关闭，闵永宏工作的照金二矿为了加强安全生产管理，因闵永宏左手残疾，矿上认为他不适合干重体力活而辞退了他。没有了稳定的收入，家里的房子旧得不像样子，雨天还漏雨，得张罗盖新房，经济压力很大。

扶贫攻坚工作全面展开，闵永宏家也享受到了国家的扶贫政策。按照贫困发生率，照金村属于一般贫困村。小镇建成后，拆迁户大多数已经脱贫，只有个别拆迁户因为家中有残疾人口，或者因病致贫返贫，又被纳入了贫困人口。照金村的贫困户多属于非拆迁户，因为危房改造、旧房翻新等需要大笔收入支出，导致家庭贫困；鲁麦莲家，房子需要翻新，前些年基础薄弱，属于因房因病致贫的贫困户。

党的扶贫政策，让鲁麦莲看到了希望。虽然暂时经济状况还不是很好，但她也是村里有名的踏实肯干、能吃苦、会过日子的媳妇，她坚信自己的日子会越过越好。当时，鲁麦莲家住在照金村伙食店组，距镇上2.5公里，不在拆迁范围，家里的房子是土坏房，夏天下暴雨时还漏雨。遇见暴雨，门前的小河沟涨水，连门都出不去。

如今，生孩子出现意外，医药费花了 17 万多。对鲁麦莲一家来说，这是一个巨大的数字。家里尚有 3.57 亩耕地，全部栽种了树木。现在一家三口靠闵永宏打零工维持生计。

从医院回来后，梁万营给村支书南民政汇报了情况，村委会研究决定绝对不能让鲁麦莲一家在致富路上掉队。第一步，找镇医院进一步落实大病报销的事，看鲁麦莲的情况适用于国家医疗扶贫的哪些政策，最大限度地解决他们的燃眉之急，鼓舞他们的致富斗志。

根据国家城乡医疗救助相关政策第一条"医疗救助对象和范围"第五款"重度残疾人（精神、智力、肢体类 1 ~ 2 级）和因患病医疗费用过重而家庭难以承担的特殊困难群众"规定，鲁麦莲属于后一种"特殊困难群众"。鲁麦莲全家都参加了新型农村合作医疗和大病保险，保险公司根据规定还可以报销一部分。根据救助标准第二款住院医疗救助标准第 3 项规定，新合作医疗报销后个人自付医疗费用超过 15000 元以上的按照 70% 比例给予救助；每人每年最高救助一般不超过 2 万元。这一项最多只能报销 2 万元。鲁麦莲适用这一条，可报销 2 万元。有人提出国家对重特大疾病还有医疗救助的政策，村委会的干部专门到镇医院请教相关负责人，查阅文件，发现鲁麦莲系分娩大出血所致，不在国家规定的重特大疾病范围内，她的情况不适用这项政策。但镇医院表示按照规定，鲁麦莲的后期康复治疗可在镇医院住院或门诊进行，住院费用全免，门诊按规定报销。镇医院有住院条件和CT、B超、核磁共振等检查设备和专业技术人员，康复治疗完全可以胜任，镇医院还备有专业救护车，遇到突发情况，可保证第一时间转院，不会延误治疗。

铜川市是中医药之乡，药圣孙思邈即今耀州孙家塬人，晚年在药王山隐居。"华原芪"（黄芪）、"宜党"（党参）在唐代时已久负盛名，"华原芪"在清代为贡品。药王山是铜川市驰名的旅游景点之一，每年到药王山朝拜药圣的民众不计其数。为了发展中医药事业，方便群众就近就医，铜川市累计投资1450万元，建成孙思邈中医堂66家，实现了社区卫生服务中心、乡镇卫生院、区县中医医院、综合医院中医科均有中医堂，老百姓在家门口就能享受到优质的中医药服务。照金镇的中医堂就设在照金镇中心医院，有中医师坐诊，由针灸室、理疗室、按摩室等组成，大病康复效果非常好。如果需要，鲁麦莲也可以接受中医调理和后续康复治疗。精准扶贫以来，铜川市为20164户因病致贫返贫人口建立了数据库，入库人员若在二、三级医院住院，新农合基本医疗和大病报销比例可以提高10个百分点。镇卫生院的同志说，鲁麦莲应该在数据库里，她还可以享受这个医疗政策。

由于输血费用不在新农合报销范围，17万多元的医药费经过各种医疗保障和大病保险报销了10万多元，还有7万元属于自费项目，需由病人自己承担。鲁麦莲住院期间还有一部分爱心人士捐款，也减轻了他们的经济负担。出院时，二附院的医护人员耐心地给他们讲解相关医疗政策，将报销需要的所有票据复印好，装订成册，交给他们。看着给了自己第二次生命的医护人员，鲁麦莲百感交集，含泪离去。

年关将至，照金村社区为了让鲁麦莲一家过好年，根据国家临时社会救助相关政策的规定，为他们向民政部门申请了临时救助金2000元。

春节过后，万物复苏，门前小河沟的冰开始融化了，地上的荠菜长出了嫩芽，鲁麦莲再也坐不住了。早在2016年6月25日，怀有身孕的鲁麦莲就参加了村集团和村委会联合组织的就业培训，学习山桃核编织技术，成功获得"陕西省创业培训合格证"。山桃核是照金大山里野山桃的果核，野山桃果肉酸涩，不具有食用价值，但果核小巧，图案精美，既有观赏价值，也有医疗保健功能。山桃核漫山遍野都是，原料就近取材，成本低，可制成精美的挂件、手链等小工艺品，也可制成汽车坐垫靠垫、凉垫凉席等制品，还可以做成颈椎枕等医疗保健品，成品价格高且销路好。一直苦于找不到致富门路的鲁麦莲，觉得山桃核编织技术含量不是太高，创业成本低，机动灵活，在家里就可以加工，不耽误照顾孩子，太适合她了。以前村集团也组织过很多培训，如电商培训、电工、水工、计算机等技能培训，鲁麦莲都关注过，但她太早辍学，这些培训对她来说难度确实有些大。这次，她抓住了机遇，心灵手巧的鲁麦莲学得格外认真，一个月后，她已经积攒了一些成品，培训班的技师夸她做得好，小姐妹们也说她学得快，她试着在微信朋友圈晒自己的作品，点赞之外，有人提出购买她的山桃核制品。鲁麦莲大喜过望，开始主动推销，很快就卖了几百元。正值旅游旺季，她开始在镇上摆地摊，最多的时候，一天能收入几百元。她和培训师一直保持联系，培训师有订单也会分一些给她。在对生活满怀希望的时候，那场大病几乎摧毁了她全部的希望和生命意志。如果说没有过怨恨不公，那是假的。鲁麦莲，生在贫苦人家，嫁到普通人家，幼年辍学，几十年来，她是拼命地活，拼命地干，每当生活有转机的时候，就会出现意想不到的个人灾难，但她一次次地爬起来往前奔。多少次，她以为自己奔不动了，不是没有想过放弃，可她不甘心。如果放弃了，前面所有的努力就都白费了。看着丈夫和女儿，她甚至不知道该抱怨谁，难道是人们说的命运吗？

突发灾难，那么多素不相识的人伸出援手，每当她想到给她献血的小战士、那些不知名的献血者，她的血就沸腾起来，她想强大起来，她希望有一天能帮助别人，奉献社会。病稍好一些，她就背着丈夫开始山桃核编织的工作了。体力差，她只能编小工艺品。她在手机上学习别人的配色技巧，学习别人的最新款式。丈夫发现了她的小动作，并没有责怪她，他知道妻子走出内心的苦闷了。左手仅有两个手指，做活总是有些受限。他悄悄找人教自己操作电子打孔机。山桃核体积小，打孔精细度高，如果打偏了，就成了残次品，如果打坏了残了，就报废了。打过孔的山桃核价格比没打孔的高些，自己打孔既能保证质量，又能节约原材料成本，这个男人把他对家庭的责任、对妻子的关爱都投射到机器上。掌握了这项技术之后，他悄悄地进货打孔。当他把自己打好孔的山桃核捧到妻子面前时，鲁麦莲感动了。

丈夫也在为这个家努力啊！

耀州区与江苏东台市是扶贫协作和经济合作对口支援区市，东台市对口支援的重点项目之一就是在照金建设藤条编织社区工厂。合作项目谈好后，社区工厂选址开建；技术培训同步进行。2017年春，村委会决定派5名村民到江苏键舒户外家具有限公司学习藤条编织技术，他们首先想到了鲁麦莲。一是她有山桃核编织的技术，学起来比较快；二是借外出学习的机会让她出去走一走，散散心，开拓一下视野，尽早从病痛中解脱出来，早日脱贫致富。谁出面通知鲁麦莲呢，大家不由自主地看向梁万营，谁让他和闵永宏是初中同学呢。鲁麦莲听说了这件事，主动到村委会请缨，她想出去学习。梁万营痛快地答应了。

这次外出培训是铜川市扶贫局的重要任务，带队的是扶贫局的干部焦瑛，他平易近人，作风朴实，说话总是笑眯眯的，没一点干部架子，吃住都和大家在一起，还时常跟大家谈心。鲁麦莲回来后还和他保持微信联系。照金不愧为"学习之城"，小镇项目刚开工时，参加技术培训要照金公司和村委会干部挨个动员。南民政书记说起来还忍不住想笑，就像哄娃娃一样，连哄带骗，外加吓唬，才能弄到教室去。现在，培训后就业的村民们穿着统一的工作服，一天三顿在公司吃饭，公司每月都会按时发工资。员工们神采奕奕，派头十足。下班后，到健身馆健身、操场打篮球、牧场散步，全新的生活方式感染着照金周边的村民们。大家意识到，只有不断学习，掌握现代科技，才能改变自己的人生。技能培训是就业的前提，没有技能培训合格证，在照金景区是很

鲁麦莲的"新生"

难找到好工作的。

近几年，随着生活水平的提高，读书的人多了，学电脑的人多了，体育锻炼的人多了，参加文艺活动的人多了。照金是一座年轻的小城，照金公司和村集团成立时，公司骨干大多是面向社会招聘的，年轻人的青春活力和现代气息，给这个古朴沉寂的小镇带来了生机。小镇基础设施建设全面铺开时，只拥有1000多村民的小镇，涌入建设者5000多名，到处都是脚手架，工人们住在临时搭建的帐篷里，生活非常艰苦，几乎每个工地都会聘请当地妇女做饭。村集团前台的员工任巧玲，是照金村当地打工较早的妇女，小镇建设中，她也在工地上做饭，跟工人们很熟悉，看着工人们朝气蓬勃的样子，她觉得自己更年轻了。之前，她曾在耀州区承建运营的陕甘边革命纪念馆做卫生工作，负责场馆内的卫生。她是个闲不住的人，干净利落，文质彬彬，踏实肯干，不多事不多话。她说自己不用外出打工，镇上的活都干不完，在镇上干活，还能照顾家里。

建设者们白天干活时穿着整齐的工作服，下班时脏得像泥猴一样，吃完饭，他们洗得干干净净地聚在一起聊天、唱歌、散步、打闹，偶尔也有青工们聚众喝点啤酒。建设者们带来了全新的生活方式，镇上思想比较开放的人逐渐坐不住了，有人开始打听工地上还有哪些活他们能干。工作赶进度时，夜晚灯火通明，建设者们挑灯夜战，村民们亲眼看着那些加班的领导、中层和年轻人连续工作十几个小时，高工、高管们亲自下工地，穿着工作服，戴着安全帽；如果要开会，立马西装革履，气宇轩昂。他们的精神风貌深刻地影响着村民们，村上的年轻人开始自觉接受就业培训。南民政说，过去打牌的人多，聚在村口谝闲传的人多；现在参加技能培训的人多，聚在一起交流工作经验的人多。村上闲事少了，矛盾纠纷也少了，人与人的关系融洽了。古人说仓廪实而知礼节，大家都忙着上班创业，精神面貌变化了，社会风气也好了。有人调侃说，照金人不是在上班，就是在创业，偶尔路上碰见个村民，可能是在去参加培训的路上。

鲁麦莲等五人学成归来，还带回来三位师傅。公司方面担心鲁麦莲她们虽编织技术过硬，但培训技能未必过硬，培训没有任何基础的农村妇女也是需要技巧的。这三位师傅带领鲁麦莲他们举办了几期培训班，看到鲁麦莲他们"口眼手"并用，讲解编织要领清楚明白，对待学员态度和蔼有耐心，编织示范动作规范，操作流程熟练，她们也放心了。照金藤条编织工厂建在圣源小区内，2019年3月投入使用，生产的藤条编织品由公司回购销售，可安置劳动力300余人，人均月工资2000元以上。工资虽不及外出打工高，但节省了在外租房和来回路上的花销，算起来也差不多。关键是一家人在一起，住在窗明几净、水电气暖齐全的单元房里，镇区就是旅游景区，景色优美，空气清新，还没有雾霾和交通拥堵。生活在别人只有节假日才有机会来的旅游景区，朝九晚五地上班，村集团还有免费的三餐。照金村剩余的劳动力早已无法满足需要，外村的小姐妹们纷纷涌向照金。

外面的世界很精彩，鲁麦莲彻底从阴霾中走出来了，穿着鲜亮的裙装回到了照金。她是山桃核编织手艺人，是藤条编织专业

培训师，怀揣着技能和梦想，她要大干一场。在村委会的协调下，2017 年 7 月 1 日，鲁麦莲在广场边上租到了一间门面房，办好了营业执照，成了自产自销的经营户。平日里，有游客时招呼游客，没有游客买东西时，她就编织小工艺品，既是生产，也有工艺表演的功能。丈夫也学到了山桃核编织工艺，租到门面后，丈夫不再打零工，夫妻俩专心经营商铺。当年，就收入近两万元。2018 年底，靠着党的好政策，鲁麦莲一家脱贫了。移民搬迁二期工程圣源小区建成，根据政策，他们分到圣源小区 2 号楼 3 单元的一套 86.44 平方米的住房。2019 年元旦，他们选了个好日子搬进新家。两室两厅一厨一卫，精装修的，她给新家添置了三开门的冰箱，全新的家具整齐雅致，沙发后面的墙上挂着她亲手绣的十字绣"家和万事兴"，下面是她这几年创业致富的奖状，阳台上摆放着山桃核打孔机，窗前摆放着迎春花、绣球花等绿植，红色的窗花闪着金红色的光，就像主人的心情一样。

照金村每户贫困户都有定点帮扶人，鲁麦莲家的定点帮扶人是照金镇人民政府的干部席忍学。自己帮扶的贫困户脱贫摘帽，他打心眼里高兴。他说："我的帮扶对象脱贫愿望强，动力足，我只需要替他们保驾护航，在他们有困难时帮他们协调解决。"席忍学对扶贫政策非常熟悉，村上针对鲁麦莲因病致贫的具体情况，采用健康扶贫、就业扶贫、产业扶贫、教育扶贫、搬迁扶贫等五项举措，帮扶他们。教育扶贫方面，鲁麦莲的女儿在照金红军小学就读，除享受国家基础教育阶段所有福利待遇外，每年还有1000元补贴。产业扶贫方面，村上帮他们争取到区扶贫局产业扶贫项目资金1万元，每年可分红1000元。就业扶贫方面，技能培训之外，村上还给他们提供了一个公益性岗位，月工资700元。

鲁麦莲成了名人，采访的媒体多了，她感到责任更重了。把自己的日子过好，是第一步；有能力帮助他人，让她充满自豪。附近有小姐妹听说她靠山桃核编织技术走上致富路，就到镇上找她，希望她传授编织技术。俗话说教会徒弟饿死师傅，有人开始担心鲁麦莲不肯教或者藏私。鲁麦莲说："活多的是，一个人哪能干得完。年前，我接了200公斤山桃核加工的活，加工汽车坐垫的。活紧，要春节前寄到南方去。我把活分给几个小姐妹，有钱大家一起挣。就是质量要保证。"坐在新房的沙发上跟记者说着话，鲁麦莲手上可没闲着，她在编织一个颈椎枕，丝线在她手上飞舞，山桃核大小并不均匀，她手一摸就知道大小纹路质地，纹路最好的、形状最精美的要挑出来，留着做小手工艺品，能卖上价。质地坚硬的，做颈椎枕效果最好。跟记者拉家常的一个多小时里，她做成了一个颈椎枕，除过成本，她可以赚30元。她说时间就那么多，得抓紧。

送走记者，她想起女儿在卧室里写作业，赶紧过去看。女儿闵佳乐2009年12月出生，小学二年级学生。小佳乐在看学校编发的照金红色历史故事。寒假作业早就写完了，她没有告诉妈妈，妈妈每天都很忙，她要把自己的事情做好。再有两天就是正月十五元宵节，过完节学校就开学了，她早就盼着开学了。从家里到学校只有五六分钟路程，她以后永远可以穿着干净的小皮鞋去上学了，学校到家里那段路全部是水泥路，再也不用穿雨鞋了。

闵佳乐就读的照金红军小学，是2012年小镇建设时配套建设的，是一所花园式学校，位于照金镇区，2013年投入使用。学校是一所农村寄宿制完全小学，占地面积31.5亩，建筑面积10700平方米，在校生277名，开设7个教学班，教学楼、综合楼、办公楼、公寓楼、餐厅、全塑胶运动场等设施齐全，各类实验室、计算机房等配置均达到省级一类标准。学校有28位专职教师，体音美老师配备齐全，都是大学本科毕业生。学生公寓每个房间可住六名学生，冬天有暖气，宿舍有直饮水，每层配有专用浴室，每周定时供应热水，有专业的宿管阿姨照顾学生生活。小佳乐之前和同学们一起住校，她喜欢学校的餐厅，饭菜种类多，老师和学生一起吃饭，餐厅有直饮水，餐厅里有一套放电影的设备，老师会定期给学生放电影。下午放学，还可以在学校参加自己喜欢的社团，学校开设了小红星讲解员、足球等 8 个学生社团。小佳乐喜欢绘画和舞蹈，穿着漂亮的衣服唱歌跳舞是她的梦想。学校办学理念明确，即"用照金精神立德树人"，努力营造红色文化氛围，深入开展红色教育活动，创建"红色基因代代相传"红色德育品牌，形成了独具特色的"135"红色德育体系。学校长期指导学生阅读红色书籍，邀请老红军老革命作报告，开展红色经典诵读，红色歌曲演唱等活动，还开展了"一班一特色，班班有亮点"班级特色文化活动。定期开展"新时代小红军""六星"评选活动，充分发挥优秀学生的榜样引领作用。这几年，学校狠抓教学质量，先后获得全国"传承红色基因示范校"、首届"陕西最美校园"、铜川市标准化小学等荣誉称号，连续三年获得耀州区教育质量综合评估优秀学校。家长们再也不用绞尽脑汁、花钱费力地送孩子到市区的小学去借读了，既节省了人力物力，家长们也可以腾出时间精力提升自己。鲁麦莲年后要带着村上的小姐妹们到厦门去培训，学习致富新技能。她说，把女儿送到学校放心，周末她爸爸可以接她回家。

2019 年 2 月，鲁麦莲被评为铜川市"就业创业脱贫"明星，奖金 1 万元。她代表脱贫明星在大会上发言，感谢党的好政策。春节期间，照金出现罕见的雾凇奇观，到照金欣赏美景和滑雪的游客很多，丈夫在家照看商铺，接待游客，娘家妹妹热心地陪她去领奖，在台下为姐姐喝彩，拍下了姐姐发表获奖感言的精彩瞬间。晚上，一家人围着手机观看视频，父女俩都为她自豪，鲁麦莲说她这次表现不好，准备了好多，上去就不会说了。3月份，她带着社区工厂新招的员工到厦门参加技能培训，回来就在社区工厂上班了，她还兼任厂里的技术指导，负责新员工的培训。丈夫以后专职看店，自己在社区工厂上班，每月工资2000多元，每年多挣2万多元。鲁麦莲在心里盘算着，以后的日子会更好，她还有一个心愿，帮着娘家弟弟盖新房娶媳妇，弟弟30多岁了，在照金滑雪场工作。她想帮母亲实现抱孙子的愿望，让老人享受天伦之乐。

喜欢唱歌的她，手机玩得越来越溜了。她下载了音乐软件，劳累一天，录制一首喜欢的歌，唱给自己、唱给家人、唱给朋友听。好人好梦，就是鲁麦莲了。在微信朋友圈卖自己精心制作的手工艺品，晒丈夫，晒女儿，晒她的绣球花，晒她包的饺子，晒她对生活的歌唱。用自己的幸福生活感染人，用自己的奋斗精神鼓舞人，鲁麦莲在致富路上唱着欢快的歌，她成为照金村一道亮丽的风景。

4月22—26日，耀州区人社局组织贫困劳动力就业创业代表、农村致富带头人和就业扶贫劳务经纪人共21人赴东台市开展劳务协作对接交流活动，以推动东台与耀州两地的就业扶贫劳务协作。鲁麦莲作为贫困户就业创业代表参加了这次活动，跟随团队实地参观考察，参观了城东新区人力资源产业园、东台镇电子商务产业园等创业孵化基地，还有一些用工量较大的企业，诸如江苏茉织华有限公司、中粮肉食有限公司等。她欣赏到东台的美景，感受到东台人的勤劳质朴，以及创业成功的欣喜，在海边留下了美丽的倩影。和大家一起，她拜访了安丰古镇花灯世家的传承人，参观了千姿百态、精巧绝伦的花灯，区人社局的同志与当地对接洽谈了有关花灯制作技能培训的相关事宜。鲁麦莲喜欢大海的博大宽广、变幻莫测，站在海边，久久不愿离去。

在"东台—耀州劳务协作交流会"上，双方签订了东台帮扶耀州开展花灯手工制作等技能培训协议，两地的与会者畅谈了培训学习的心得感受。鲁麦莲代表耀州贫困户就业创业代表发言，她回顾了创业历程，分享了培训心得，表达了自己对未来的期待。

她说："我是一名地道的家庭妇女。从小上山放牛，采药。2015年2月14日，习总书记来到照金看望老区人民以后，这里发生了翻天覆地的变化。来照金旅游的人也多了。我就心想，我不能再围着锅台转了，我要做生意。在各级政府的支持下，我学习了山桃核编织技能，并在照金广场卖起了山桃核工艺品，一年下来收入1万多元。这次我有幸参加创业培训，感到无比的激动和自豪。观摩了创业大厦、电子科技示范园、现代农业示范园及甘港合作社等大型企业，让我学习了新知识，开阔了视野。我回去之后要更加努力，带动身边的人共同致富。"

"带动身边的人共同致富"成为鲁麦莲新的人生和事业起点。

习爷爷给我们回信了

2017 年，照金村人均纯收入 16023 元，照金景区二期项目有序进行，照金干部学院、照金镇绣房河（薛家寨段）水环境治理项目按照计划顺利完成建设任务；照金全民健身馆、照金消防站、照金写生基地、照金圣地新苑小区项目主体施工全面完成；照金游客服务中心、商业街提升改造、溪山客栈酒店、照金滑雪戏雪区改造项目全面建成并投入运营。新建项目改善了景区的生态环境，提供了更多的就业机会，照金的辐射带动引领作用得到充分发挥，村集团为村民提供旅游服务、物业管理、安保环卫等就业岗位，带动多产业共同发展，解决当地及周边沿线 3400 余人就业，实现当地及周边沿线创业 390 余人，群众收入不断攀升，照金荣获全国首届创业就业优秀奖。村集团安置贫困劳动力 66 户 98 人，月均收入 1800 元。村上聘用贫困户生态护林员 16 名，月工资 600 元。镇村两级政府和照金景区管委会、村集团密切协作，主动出击，坚持"项目为王"，招商引资工作成效显著，投资 10 亿元的照金锦园颐舍养生养老社区已启动建设，目前主体建筑已竣工。生态养殖业初具规模，义丰公司托管代管藏香猪，正裕农林公司和秦发养殖公司托管代管肉牛和肉鸡，共带动贫困户 104户，户年均分红 1000 元。

年终总结会上，区镇领导、景区管委会、照金公司、村集团的负责人，分别汇报了扶贫攻坚的成效，一串串的数据，让大家由衷地欣慰。南民政和村委会的同志们，对照村上的安排，筹划着下一阶段的工作。

2018 年 3 月，照金村合并了隔壁的耀岭村，成为新的照金村。全村 472 户 1757 人，建档立卡贫困户 110 户 363 人，贫困发生率 21%。这次合并，照金村的村民都表示理解，红色小镇的开发，让照金村一步进入现代化，而旁边的耀岭村扶贫任务还很艰巨。耀岭村 60 户 267 人，贫困户 42 户 135 人，贫困发生率高达 51%。带动耀岭村共同脱贫致富，成为照金村委会与村民们的共识。没有人因为突然要增加 200 多人参与照金村集团的年终分红而抱怨，照金人从来就是惜老怜贫，具有团结协作精神的。镇村干部准备的关于大局观念、扶贫攻坚、共同富裕等名词和概念，统统没有用上，村民压根不用做思想工作。村委会对贫困户重新进行摸底，110 户贫困户，一般贫困户 76 户 267 人，低保户 30 户 89 人，五保户 4 户 7 人。根据贫困户的致贫原因，确定对口帮扶人和具体帮扶措施。

照金的变化是以"天"来计算的，照金红色旅游名镇像一颗星星散发着光亮，向周边的村落辐射。看到照金的变化，照金北梁红军小学的孩子们难抑喜悦之情，他们想让更多的人分享他们的幸福与快乐。2018 年春天的一个夜晚，望着窗外的繁星，一群孩子在宿舍聊天，感慨着家乡的变化，萌生了把他们的好日子和家乡的变化告诉习爷爷的想法。

照金北梁红军小学创建于 1955 年，原址位于北梁村陈家坡会议旧址，校舍只有 6 间土坯房，教学设施很落后，还处在一块黑板一支粉笔的时代，学生也不多。学区内群众居住分散，交通不便，有些孩子上学要翻山越岭走十几里的山路。1985 年，学校升级改造成砖瓦房，校舍依旧简陋狭窄。2000 年 6 月 16 日，齐心同志受丈夫习仲勋委托，到照金看望革命老区群众。在北梁村，看到学校破烂不堪，想起当年红军说过的话——让老百姓过上好日子，她心情很沉重。回到北京，她号召家人捐资助学，筹集资金 15 万元，资助北梁小学迁址新建。新校址选在距照金镇 10 公里的北梁村，旁边有公路，交通便利，景色优美，照金景区开发后，学校正好处于照金香山红色旅游线中段。镇村又筹措资金 5 万元，2002 年 9 月，北梁小学正式投入使用，学校建成了 2 层的教学楼。2003 年以后，各级党委政府高度重视，在齐心同志爱心的感召下，各种社会力量纷纷援助，筹集资金 800 余万元，新建了学校综合楼、教师周转房、硬化操场、绿化庭院，添置设施设备，办学条件得到了持续改善，学校由原来的初小恢复为六年制完全小学。2008 年，北梁小学在铜川市教育布局调整中只保留了一至三年级，今年 9 月准备恢复为完全小学。如今的北梁小学是一所拥有教学楼、综合楼、餐厅、体音美器材室、图书室的现代化学校。学校还与淮安周恩来红军小学、西安高新第一小学等名校结对，开展教学和管理交流活动，学校的办学质量不断提高，获得了铜川市社会主义核心价值观示范校、庭院绿化校园、铜川市首批红色研学旅行教育基地等多项荣誉。2017年1月7日，全国红军小学建设工程理事会授予照金北梁小学"中国工农红军照金北梁红军小学"称号，第十届全国人大常委会副委员长、全国红军小学建设工程理事会荣誉理事长顾秀莲为照金北梁红军小学授旗授牌。

孩子们七嘴八舌地说着自己学校的好。"现在上学多方便呀，不用爸妈送，直接到乘车点上校车就行。""就是，还有免费午餐。""老师也好，我喜欢音乐老师，长得好帅呀！""我喜欢图书馆！""我喜欢操场。""校园也很美呀！""我喜欢绘画班。"孩子们说的音乐老师是郑东东，阳光帅气，电子风琴弹得好，歌唱得好，喜爱学生。北梁红军小学有3个年级9名教师，8名具有本科学历。副校长陶建刚毕业于西安文理学院，2012年作为特岗教师招聘到这里，现在已经把家安在了照金。

第二天，几个孩子把这个想法告诉了二年级和三年级的其他同学，大家觉得这是个好主意，我们写一封信，把学校的变化，还有我们学习革命历史的心得告诉习爷爷，让他知道了好放心呀！2015年2月，他还专程到照金看望慰问过老区的干部群众，习爷爷一定想知道我们照金的新变化。王天娇是三年级的班长，平时在同学中威信高，作文也写得好。同学们推举她执笔，把大家的心里话写下来。信写好了，习爷爷的地址是北京哪里呀？孩子们找到了校长何建春，何老师觉得孩子们的想法不错，他亲自带着王天娇到镇上用特快专递将信寄往北京。

孩子们想，习爷爷那么忙，只要他知道我们家乡和学校的变化就好了，没想到，习爷爷竟然在百忙之中给他们回信了。六一儿童节前夕，北梁红军小学的孩子们接到了习爷爷的回信了，习爷爷祝他们节日快乐！5月31日，学校在操场上举行全校师生大会，宣读了习近平总书记的回信，孩子们高兴地欢呼着，庆祝他们接到回信，庆祝"六一"国际儿童节。回信原文如下：

照金北梁红军小学的同学们：

你们好！你们的来信我收到了，看了以后感到很高兴。

你们在信中说，村里的老人常给你们讲照金的革命历史，这片红色的土地让你们骄傲和自豪。希望你们多了解中国革命、建设、改革的历史知识，多向英雄模范人物学习，热爱党、热爱祖国、热爱人民，用实际行动把红色基因一代代传下去。

我去过你们的家乡照金。在党和政府以及社会各界关心下，北梁小学即将恢复为完全小学，同学们上高年级不用跑远路了，在学校能喝上直饮水、洗上热水澡。你们说，今天的幸福生活来之不易，这话讲得很好。希望你们怀着一颗感恩的心，珍惜时光，努力学习，将来做对国家、对人民、对社会有用的人。

"六一"国际儿童节马上就要到了，我祝你们、祝全国各族少年儿童节日快乐！

习近平

2018年5月30日

王天娇是一个稳重的孩子，此刻也难掩激动与喜悦之情，同学们拥抱并拍打着她。同学们在信中表达了他们感恩奋进、早日成才的决心。习爷爷回信说希望孩子们怀着一颗感恩的心，珍惜时光，努力学习，将来做对国家、对人民、对社会有用的人。王天娇暗下决心，她和同学们一定牢记习爷爷的教诲，把红色基因传承下去，好好学习，长大成为有用的人。老师们也深受鼓舞，副校长陶建刚说："我感到非常振奋，浑身充满了力量。我将牢记总书记的嘱托，持续推进素质教育，为革命老区的发展培养更多更优秀的建设者和接班人。"帅老师郑东东说："我将扎根基层，用爱心呵护革命老区的孩子健康幸福成长，为祖国培养更多优秀接班人。"

习总书记给照金北梁红军小学回信的消息很快传遍了北梁村的每一个角落。王天娇的父亲王战军没想到习近平总书记真的给孩子们回信了。他和北梁红军小学的学生家长们都感到异常惊喜，他们纷纷表示，总书记都这么关心咱们的孩子，咱们要更加努力，把日子过好，给孩子们创造更好的家庭条件和学习环境，把孩子教育成才。孩子是国家的、社会的，更是咱们自己的，咱们也得做让习总书记放心的家长啊。

省市区和照金基层的同志们深感责任重大，他们说总书记的回信更加激励我们把老区各项事业办好。市委的领导说："我们把总书记的回信作为我们建设革命老区的一个重要的要求。总书记信中的要求我们都认真地落实，要让老区人民真正过上好日子，有幸福感、获得感。"

7月，照金北梁红军小学被授予"传承红色基因"示范校。学校还举行了通气点火仪式，天然气通到了北梁村，洗澡堂用天然气更加环保，寄宿的孩子洗热水澡更方便了；学生食堂彻底结束了烟熏火燎的日子。9月，王天娇和她的同学们顺利升入四年级，不用跑 10 公里去镇中心小学上学了。

2019 年 5 月 31 日上午，在照金 1933 广场举行了以"托起明天的太阳"为主题的铜川市庆祝"六一"国际儿童节文艺演出。演出活动重温了习近平总书记给照金北梁红军小学的回信精神，让全市少年儿童度过了一个快乐而有意义的节日。耀州区北街小学编排了 50 人的音乐剧《习爷爷给我们回信啦》，孩子们载歌载舞，生动再现了红军小学的学生们在校园里的幸福生活，反映了校园发生的深刻变化。

再也不担心房子漏雨了

让生活在"一方水土养活不了一方人"那些地方的群众搬迁到适宜生产生活的地方。①

2018年10月12日，照金村热闹极了。市委、区委、镇村的干部来了，报社、电视台、网站的记者来了。摄像机、照相机、手机齐上阵，快门咔咔响，各色车辆拉着家具和欢笑的人们都奔着一个方向去了，那就是圣源小区。小区里还不时响起鞭炮声，原来今天要举行"照金革命老区贫困群众搬新家活动"，安置小区就在照金镇核心地段的圣源小区，今天搬家的有171户。

圣源小区是异地搬迁安置小区，规划总占地220亩，一期10栋244套住宅楼主体工程已完成，室内外配套正在有序推进，分为68、88、98、128平方米4种户型；二期3栋110套住宅楼正

---

① 2016年7月19日，习近平总书记到宁夏考察，在永宁县闽宁镇原隆村，深情回忆了20年前在福建工作时直接推动闽宁合作的情景，谈到移民搬迁时说的话。详见《"平语"近人——习近平的扶贫思考》，新华网2016年7月21日。

在主体建设。这次的 171 户安置对象为周边 8 个村的贫困户及生态避灾搬迁户，基础设施以照金新苑等居民小区为参照。小区内，公厕、广场高标准布局，还同步提升配套了大众浴池、体育馆和文化中心等基础设施。室内一律简装，墙壁统一粉刷，地上铺了瓷砖，门窗、灯具、厨卫全部安装到位，贫困户只需要买张床和必要的家电、炊具就可以入住了。

易地搬迁是国家针对交通不便、住房、饮水安全无法保障的老少边贫地区群众的扶持政策。在移民搬迁工作中，陕西省委省政府严格落实中央"建房不举债、脱贫有保障"要求，在安置点选址上，坚持规划先行，按照"四化同步"①的要求，坚持"四避开、四靠近、四达到"②的原则，创新思路，强化统筹，责任到人，鼓励贫困户进城入镇安置。对进城入镇安置的贫困户进行搬迁和就业扶持，除省市补助金之外，区财政对进城的搬迁户奖励 2 万元，入镇的搬迁户奖励 1.5 万元，优先安排社区工厂就业。在城镇安居后，移民搬迁户在原籍的权益，如土地流转等，均可继续享受。对那些主动腾退宅基地又自主进行农业生产的移民搬迁户，政府统一按照每户 15 平方米标准建设工具房，让群众存放生产农具，农忙时歇息使用。群众领钥匙时一次性签订搬迁、就业、旧宅腾退三项协议。同时开展产业就业扶贫，让群众住得稳、能致富。耀州区打造了 26 个扶贫产业园，带动 74 个脱贫产业专业村，以

---

① "四化"即工业化、信息化、城镇化和农业现代化。
② "四避开"即避开地质灾害易发区、洪涝灾害威胁区、生态保护区和永久基本农田。"四靠近"即靠近城镇、园区景区、农村新型社区和中心村。"四达到"即达到房产能升值、增收有保障、基础配套强、公共服务好。

园区内天辰现代农业光伏、上林源葡萄、鸿伟兔业、伊利耀州牧场等企业为主导的龙头企业和搬迁贫困户建立利益联结机制，并根据企业使用贫困户劳动力人数和时间进行奖补，对吸纳贫困劳动力 5 人以上就业的企业，给予每人每年 2400 元奖励；对带动贫困户从事种植、特色养殖达到一定规模的企业，给予 2 万至 20 万元的奖励。

截至 2018 年底，铜川市共建成 40 个移民搬迁集中安置点，4905 户 14780 名易地扶贫搬迁群众拿到了安置房钥匙。耀州区建成 22 个安置点[①]，其中大型安置点 9 个，50 户以上的集中安置点 13 个，优先搬迁建档立卡贫困户、避灾户、洪灾户和采煤塌陷户。圣源小区是大型安置点之一。

铜川市委主管领导参加活动并讲话："搬新家，一般都要放个炮、请个客，大家送个喜糖祝贺一下，今天我来就是专程向喜迁新居的 171 户困难群众表示衷心的祝贺。"他鼓励搬迁户自力更生，勤劳致富；希望社会各界和广大企业一如既往地关心支持全市脱贫攻坚工作，特别是关心关注革命老区发展，发挥好企业在资金、信息、市场、人才等方面的优势，再加一把力、再添一把柴，帮助贫困群众过上美好幸福生活。

鲁麦莲家分到了圣源小区的房子；樊荣耀家也搬到了圣源小区。国家针对贫困户和非贫困户的易地搬迁政策完全不同，比如圣源小区的房子，非贫困户适用易地搬迁政策的也可以申请，但

① 耀州区在脱贫攻坚中，共确定 74 个贫困村，深度贫困村 7 个，其中 6 个都分布在照金镇。截至 2018 年底，实施移民搬迁脱贫有 4486 户，占近六成。

要按照成本价每平米 3000 元左右标准购买，人均 30 平方米，多出部分按照市场价购买。贫困户人均 25 平方米的部分，由国家全额补贴，原则上不得申请超出部分，遇特殊情况，超出部分按成本价购买。小区住房为精装修，厨卫设施齐全。贫困户每户仅需自筹 2500 元房款及部分装修费用，购买必需的家具，即可入住。鲁麦莲一家花了不到 1 万元就住进了新居，还买了一台 49 寸液晶大彩电。鲁麦莲高兴地说："以后再也不用挑水了，再也不担心房子漏雨了！女儿上学也近了。"

　　杨柳坪组贫困户何雪玲也享受到了易地搬迁的扶贫政策，他们一家四口分到 97 平方米的宽敞明亮的住房。之前他们一家挤在山上那座不到 40 平方米的土坯房里。40 多年的老房子，漏风漏雨，吃水得到山下的河沟里去挑，一天两趟，一趟就得一个多小时。除了地里刨食，秋天她还在山里捡拾知了壳维持生计，好的时候一年能卖 3000 元。丈夫朱占芳腿脚不便，干不了重体力活。危房一直是何雪玲一家的心病，易地搬迁从根本上解决了问题。何雪玲现在心气十足，孩子是她前行的动力，女儿上大学，村上有补贴，照金老区的非义务教育阶段的贫困学生都能享受"陕西省天骄煤矿子弟助学基金会"① 的资助，还可

---

① 基金会 2010 年成立，专门资助因陕西矿难导致家庭困难、无力支付学费的非义务教育阶段的学生。资助金额全日制本科生每人每年 5000 元，全日制专科生每人每年 4000 元，普通高中及中等职业学校学生每人每年 1000～3000 元。资助时间从新生入学开始，直至完成学业。后扩展至照金革命老区所有学生。2017和 2018 年度，共有 75 位照金老区学生接受了资助，其中，高中生每人每年 2000元，高职生每人每年 3000 元，专科生每人每年 4000 元，本科生每人每年 5000 元。

以申请助学贷款。儿子上初中，学习也很用功。照金景区二期工程投入运营后，就业岗位多了，挣钱门路也多了。村民就业也开始双向选择，从我能做什么工作，有什么就业岗位，到我适合干什么，我想干什么。就业环境改善了，村民的发展理念也发生了改变。何雪玲不久前从照金国际滑雪场辞职了，两天后她找到了新工作——在照金干部学院后厨帮厨。这次"跳槽"，她是经过深思熟虑的，她一直有个梦想，那就是做一个面点师。以前，为生计奔波不敢想，现在不一样了。她想为自己设想，做自己喜欢的工作。这份工作的收入也更高更稳定。她说："我想好了，边帮厨边跟大厨学手艺，以后考个厨师证。再以后还可以……"何雪玲没有说下去，成为面点师，做自己喜欢的美食。我们期待有一天在照金商业街能见到一家以何雪玲名字命名的店铺，或者何雪玲做大厨的蛋糕店。有梦想，敢创敢干，善于学习，何雪玲转正后每月工资有 2000 元，丈夫也找到了适合自己的工作，每月至少收入 700 元以上。加上集体分红，土地流转等收入，今年村上的光伏发电项目也开始分红，预计每户能分到 3000 元。她粗略算了一下，今年的收入近 4 万元，今年彻底脱贫。她要赶上大家致富奔小康的步伐。

由于时间仓促，有些安置小区还没有集中供暖，市委市政府想群众之所想，发起以"温暖生活、温暖民心"为主题的"暖冬行动"，通过天然气供热、自主循环供热、无偿提供电褥子等方式，让群众使用上干净环保的能源。五峰安置点离市镇较远，天然气还没有通，政府给每户分发节能环保的蜂窝煤炉子及无烟蜂窝煤，贫困户每吨蜂窝煤补贴600元。市委市政府要求"暖冬行动"不能违背政策，不能增加群众负担，不让老百姓花钱，全部由市、区两级来解决。各村委会都忙着安排搬迁户的越冬取暖事宜。

生活问题解决了，村民的就业与增收成为致富的关键。为促进产业帮扶，铜川市实施了"万企帮万村"精准扶贫行动。2018年底，全市共有188家民营企业参与帮扶，受帮扶村358个，其中建档立卡贫困村160个，实施帮扶项目899项，企业投入总金额8468.55万元，受帮扶贫困人数35098人。

生态扶贫也是精准扶贫的重要举措，全镇贫困户中享受公益林补助的有178户6726.96亩，共发放26.2万元；享受退耕还林的有845户6765.5亩，共发放811.9万元；村镇还在贫困户中招募135名生态护林员，2018年新增50名，每人每年增收7200元。因发展生态农业，流转土地的村民还有土地流转收入。芋园村村民刘启明一家三口，丈夫有病，女儿初中毕业，在区内打工，原有土木结构石板房3间，面积45平方米，属移民搬迁户。2018年8月，他们搬进了65平米的安置房。每年有村级集体经济组织产业分红1000元；退耕还林补偿1200元；家庭成员免费参加农村新农合医疗和大病保险，个人部分人均年190元由政府代缴；妻子参加了核桃树嫁接技能培训，在照金海棠公司就业，月收入1800元左右。2018年，实现脱贫，家庭人均收入1万多元。

移民搬迁让群众住上了宽敞明亮、设施现代的安全住房，就业扶贫、产业扶贫、生态扶贫等措施为搬迁户增产增收、永续发展提供了保障。贫困户对脱贫致富奔小康更有信心了。

刘小平的羊笑了

　　照金村是一个典型的移民村落。照金地处关中传统农耕经济区域的北部边缘，历史上是兵家必争之地，经历了多次的民族融合，照金兼具农耕文化与游牧文化的双重基因，形成了照金人生生不息、勇于求新求变的精神文化品格。照金是陕北通往关中的重要通道，从古代起，贩卖皮毛、药材、耀州瓷器等物产的脚客、驮户就川流不息地行进在大山之中。村上的老人们说明末清初时，照金村所在地可能发生过惨烈的战争。照金是杂姓村，南、梁等姓氏较多，村民都是从外地避难或逃荒而来，居住时间最长的家族，在照金生活的时间也不过 300 年。照金山大沟深，穷乡僻壤，是历代政权管理相对薄弱的地区。1929 年前后，中国出现大面积连年灾荒，史称"民国十八年馑"，照金地区涌入大量移民，包括山东、河南、山西、四川等省和陕西关中的灾民，周冬至就是从陕西富平逃荒到此地的灾民。当时照金的土地大部分被耀县大地主李卜客等和香山寺院占有，失地农民占总人口数的 60% 以上。逃难至此的灾民只能租地或开垦贫瘠的荒地为生，加之苛捐杂税、民团肆虐、土匪猖獗，百姓民不聊生，社会经济矛盾异常尖锐，改变生存现状和人生命运的愿望异常强烈。谢子长率领的红军游击队宣传的革命真理，点燃了照金人民的反抗精神。共产主义理想与照金人求新求变、勇于开拓的民间文化精神撞击出革命的星星之火，迅速成燎原之势，照金苏区及壮大后的陕甘边区成为中国共产党土地革命战争时期"硕果仅存"的革命根据地。

照金村主任梁万营说："我们照金没有懒汉，没有因懒惰而致贫的人。"由于冬季气候寒冷，照金村冬小麦无法越冬，一年只能种一季玉米，粮食产量不高。主要副产品是核桃，当地土生土长的核桃是夹瓤，味道好，含油量高，但果皮不好剥，产量也低。发展生态农业后，政府指导农民嫁接核桃新品种，发展适合当地土壤、气候条件的花椒、海棠果等干杂果。耀州区统一规划，大力发展苹果产业，平原川道保证人均1亩苹果，后塬山区保证人均3亩干杂果。新引进的优质苹果每亩可获利5000元，仅这一项就超过了人均3070元的脱贫标准。梁万营说：老天爷是最公正的，照金粮食产量低，却有漫山遍野的中草药。照金地区药材品种繁多，当地老人说山上有五六百种草药，如今药王山景区有一个中草药标本展，展出中草药标本540种。千百年来，中草药都是照金人赖以生存的重要资源。勤快且能吃苦的照金村民每年上山挖野生药材都能赚取万元以上的收入，2014年，村上有个村民8月份单月挖的野生药材就卖了1万多元。近年来，政府因地制宜发展中草药规模种植，艾草种植加工已形成产业和品牌。

这次易地搬迁，照金村有79户254人领到了新居的钥匙。看着大家纷纷搬进新居，刘小平一点也不急，他们一家还住在山里的旧房里。

刘小平原来在城里打工，日子过得还不错。前些年大哥意外去世，他辞去工作回家照顾年迈的父亲，靠种植 12 亩玉米维持生计，日子过得紧巴巴的。2015 年底，纳入建档立卡贫困对象。家在山里，村上对他进行生态帮扶，分给他生态林 50 亩，每亩补助 13 元。妻子参加了山桃核手工艺技术培训。帮扶干部帮他争取到耀州区扶贫局产业扶贫资金项目，资金 1 万元，每年分红1000 元。他虽然只有小学文化程度，但人勤快能干心思活。山里植被丰茂，他便养了几头羊，积累了些经验，他就想规模养殖，却苦于没有资金。2017 年 7 月 17 日，村上帮他申请到政府贴息的创业就业资金 5 万元，村互助资金协会无息贷款 1 万元，他雄心勃勃地扩大养殖规模，买来 15 只良种奶山羊，最多时发展到49 只。照金镇每个村都成立了互助资金协会和村级经济合作组织，覆盖了全镇 898 户贫困户，村上与贫困户建立了利益联结机制，为有需要的贫困户发放贷款，三年来累计上报小额贷款 138 户，通过审核并放款 196 户，共计 744.6 万元，获贷率 100%。刘小平也获得了村互助资金协会的帮扶。

天有不测风云，一场大病，他的羊仅剩下 25 只，刘小平心痛不已。他虚心向养殖专家和兽医请教，为保障山羊越冬，他盖起了 210 平方米的封闭式羊棚，悉心照料他的"摇钱树"。2018年底，羊肉价格飙升，一只羊能卖到一两千元，刘小平笑得嘴都合不拢了，他说："我今年是搂住了！我的头羊总是笑眯眯的。"

他家的羊舍干净整洁，从山坡远看，羊群像白云翻滚。白天，他让羊群在露天羊舍晒太阳撒欢；夜晚天冷霜冻，他将羊群赶进封闭温暖的羊棚。这些年生态环境好了，狼、野猪、狍子等野生动物越来越多，冬天偶尔也会跑到村里来。他在羊棚前面安装了射灯和报警器，以保护羊群的安全。门前有一个长方形的玉米垛，只有顶棚，四周没有围挡，鸟雀松鼠时常来觅食。

春节期间，一家人住在老房子里，看着羊群欢快地吃草嬉戏，心里暖融融的。刘小平一家三口，女儿刘盼在寺沟中学上七年级。提到女儿，他满眼是爱。刘盼期末考试成绩名列前茅。寺沟中学是重点中学，教学质量很好，中考升学率很高，而且是公办学校，女儿接受的是免费义务教育。他说女儿给他省了一大笔钱，原来

刘小平一家的老房子（余碧航摄）

夫妻俩为给独生女儿更好的前途，决定让女儿去上私立中学。女儿很争气，考上了教学质量很好的阳光中学，学校要收不菲的学费赞助费。夫妻俩商量，因为这是女儿自己考上的，他们咬牙也要让孩子上。后来，在老师的指导下，女儿说寺沟中学是公立学校，教学质量一样好。一家人拿着女儿的成绩单去找学校，教务处的老师痛快地录取了刘盼。女儿不仅学习好，寒假还帮父母料理家务、照顾小羊。女儿每年还有政府教育补助1250元。有人问他们要不要生二孩，夫妻俩异口同声地说："有女儿就够了！"围坐在火炉旁，望着窗外飞舞的雪花，刘小平跟妻子女儿算了一笔账。家里分到圣源小区2号楼3单元74平方米的住房，房子已经装修好，家具也置齐了，随时可以入住。春节后，山羊开始大量产奶，一只羊每年有6个月的产奶期，每天能产2公斤奶，每公斤按9元计算，一年这一项就有十多万的收入，还有肉羊，也是一笔收入。女儿的眼睛亮了，她知道爸爸一定有大计划了。果然，他说："我想买辆车。"镇区没有鲜羊奶收购站，羊奶要送到离家十几公里的小丘，羊奶不宜存放，必须当天挤当天送。买辆车，每天送羊奶可以节省时间；女儿上学可以接送；一家人也可以搬到新房去住，镇区、羊舍来回方便，真是一举多得呀！村上还有几户养羊专业户，农忙时，几户就把羊奶集中起来，贴好标签，几户排班去小丘奶站送奶，节省了人力物力。包村干部李伟想把他们几户联合起来成立一家合作社，扩大再生产，带动更多的贫困户共同致富。

作家梁晓声在照金参观时，感慨地说："照金项目很好地回答了中国革命为了什么的问题，那就是要让老百姓都过上好日子。"

村主任梁万营说："我们照金人宁可苦干，绝不苦熬。"2018年，全村人均纯收入突破 17000 元，比 2011 年高出 4 倍还多。村上现在有大饭店 30 多家，400 多户村民，拥有 160 多辆小轿车。村集团员工任巧玲家有一辆卡车，儿子跑长途货运，还有一台家用小轿车。2019 年底，照金村所有贫困户摘帽脱贫。照金人要携手共同奔小康。

包抓责任人李伟

    扶贫政策多，贫困户有时分不清状况，还有个别贫困户总觉得自己享受到的扶贫政策少，村干部不公正，帮扶人不给力。2018年下半年，照金镇政府被一个贫困户举报了，直接写信给市委书记，市委书记了解情况后责令市区扶贫局和镇政府调查处理。该贫困户认为镇政府克扣了上级政府给他的扶贫补贴，具体缺哪一项，他也说不清，反正他拿少了，要市委书记给他做主。镇上相关领导要求扶贫办的同志马上核实，镇村两级扶贫干部协同村监委会对该贫困户精准扶贫工作开展以来所有的帮扶措施进行核查，没有发现任何问题，国家的扶贫政策每一项都得到了落实，不存在违规和疏漏等问题，且所有扶贫措施和扶贫款项的使用都有详细的档案资料和资金明细。镇政府将该贫困户专用银行卡的流水打印出来，每一项扶贫资金何时打到该账户上，具体金额多少，明细账目清清楚楚。三年来，该贫困户共得到各项扶贫帮扶款7万多元。针对这种情况，耀州区开展了"八星励志，扶贫扶志"①活动，激发贫困户脱贫的内生动力。鲁雪艳在村上负责扶贫攻坚资料整理工作，每一户贫困户的情况，她都清楚，谁家适用哪项扶贫政策，享受了哪项扶贫政策，她都细致地登记、整理备案，做好文献资料。南民政告诫自己和村委会的同志，扶贫攻坚要公正透明，社区工作要依法行政。雪艳看着一户户贫困户在党和政府的关怀下，搬进新居，日子越过越好，想到当初自己家里突遇不测，一家人十几年节衣缩食，拼命打工，才还清盖新房的外债。仅仅是易地搬迁这一项政策，就让很多贫困户少奋斗十几年啊！坐在电脑前，雪艳有时发愣了，若是自己当年赶上了国家的好政策，她一定能上大学，或许有机会出国深造，成为某一方面的专家，她的人生就是另一番景象。看到有些贫困户总是不满足，常问她今年还有什么政策，你查查我还有哪项政策没享受上，她总是耐心解答，尽力讲解党的扶贫政策。她心里还是觉得这些人不懂感恩，个别人太贪心。她常说："党的扶贫政策好，扶贫政策都享受完了，脱贫之后，致富还得靠奋斗。"梁万营也很担心这些太

①耀州区在实践中总结出的扶贫扶志经验，中央电视台、人民日报、陕西日报等30余家主流媒体先后宣传报道。针对贫困群众"等靠要"的问题，按照贫困群众的心理需求，耀州区设定了"诚实守信品行好、热爱集体觉悟高、精神面貌变化大、摆脱现状愿望强、不等不靠动力足、勤劳致富步子快、致富点子提得多、示范带动成效佳"八个星目，并分为三个层级，教育引导群众明理立志、萌生动力、自主致富，逐步转变、逐步提升，不急于求成。三个层级即：将"诚实守信品行好、热爱集体觉悟高"两个星目作为觉悟层，这个也是底线层；将"精神面貌变化大、摆脱现状愿望强、不等不靠动力足"三个星目作为觉醒层，这个也是激励层；将"勤劳致富步子快、致富点子提得多、示范带动成效佳"三个星目作为崛起层，也是脱贫层。经过评选，"四星"以上的贫困户将受到表彰和奖励。

过依赖党的扶贫政策的贫困户，这些人脱贫之后，一旦遇到生活中的风雨和意外，返贫的可能性很大。虽然是个别人，但负面影响却很大。

对低保户、五保户和因病因伤致残丧失劳动能力的贫困人口实行社会兜底保障。照金镇共有农村低保户 206 户 539 人，其中分类施保 263 人，共发放农村低保金及各类补助金 138.7 万元，其中分类施保金 27 万元；五保户 47 户 51 人，其中集中供养 4 户 4 人，分散供养 43 户 47 人，共发放五保金及各类补助金 38.4 万元。照金村现有低保户 36 户 98 人，全部分类施保，其中五保户 4 户 4 人；残疾人员 69 人，53 人按照国家标准享受政策；社会兜底户 6 户 12 人。享受国家养老金政策的有 194 人，其中享受高龄政策的有 76 人。

照金村耀岭组村民郑双喜一家四口人，夫妻俩和弟弟都有精神疾病，智力残疾，女儿还在上中学，没有经济来源，村上对他们采取了健康帮扶、教育帮扶和兜底帮扶，计划 2018 年脱贫。郑双喜家没有电话，贫困户档案中留的电话是包抓责任人李伟的电话，驻村工作队是耀州区市场管理局。从村上到镇上，大家都知道，郑双喜家有事，就打李伟的电话。

李伟是照金镇有关部门的领导，除镇上的本职工作外，他还是郑双喜一家的"监护人"。郑双喜和弟弟小时候智力就有缺陷，父亲健在时，老人负责兄弟俩的日常管理，教会他们做一些简单的农活，带领并约束两人在土地上劳作，日子勉强过得去，还给郑双喜娶了个媳妇，媳妇智力也有障碍。幸运的是，媳妇生下一个健康聪明，且长相清秀的女儿。好日子没过几天，郑父去世后，兄弟俩不事稼穑，又无父亲引领约束，便四处游逛，致使家里的40亩山地荒芜，一家人生活没有着落，只能靠政府救济。建档立卡后，镇村对郑双喜实行了全方位的帮扶。郑双喜一家四口均享受低保，解决了基本的生活问题。

正月里的一天下午，李伟和梁万营一起陪同记者做精准扶贫调研。在走访贫困户的路上，听说一户贫困户的母亲因病去世，梁万营马上到家中看望，帮忙安排后事，询问还有什么困难需要村上解决。路边山坡上积着厚厚的雪，天空阴沉沉的，慢慢地飘起了雪花，李伟担心起来——郑双喜家住的活动板房，房子里冷不冷啊？年前，郑双喜的妻子又跑了，村镇联系了附近市县的收容所和医院，将她的基本信息通报了公安机关，四处寻找她的下落。她的娘家、亲戚等处，也派人去问过，都没有消息。弟弟郑保在村里、镇上到处晃荡，好几天都不回一次家。李伟最操心的是郑双喜的女儿，小姑娘在铜川新区景丰中学上七年级，在这样的原生家庭里，小姑娘积极乐观，学习也努力。他跟大家商量绕道去看看郑双喜一家，天气预报明天有大雪。

郑双喜家在村路边上，山坡阳面有一片平地，孤零零一排三间活动板房，40平方米，是政府搭建的。白色的外墙显得异常冰冷，没有一点烟火气。李伟带着大家走近房子，房门开着，房间里家具极其简陋，床上被子窝在一起，看着脏兮兮的，炒菜的锅放在地上，三间房都没有生炉子，冷得瘆人。郑双喜走出来，一行人看房间没办法坐，就在门口跟郑双喜说话。李伟问他："咋不生炉子？这么冷，把娃冻坏了。"郑双喜说："娃没在屋，出去了。"

大家又问他，媳妇回来没有，女儿学习怎么样？郑双喜有一搭没一搭地说着，梁万营问他上次带人帮他种的菜出了没有，他说出了一些，梁万营恨铁不成钢地说："这么好的地，都让你糟蹋了。你好赖把草锄一下，种下菜，你自己能吃，不用去买菜了。"

"我不会种么，我种地老有人欺负我，不让我种。地里就不长么。"

平板房旁边的平地上有些稀稀落落的菠菜、青菜，干枯的草比菜苗多。正说着话，郑双喜的女儿回来了，小姑娘瘦瘦的，看到家里来了人，笑着打招呼。孩子手里拿着几个馒头，还有几样蔬菜，种类数量都不多，看来孩子是到代销点买东西去了。小脸冻得红红的，手可能是冻了，有些红肿，穿着倒是干干净净的。

"双喜，你都不会去买些馍，这都让娃去呢？娃上学了，还不把你饿死、懒死呀！"梁万营斥道。

同龄的孩子，此刻可能和父母在暖气房子里看电视、玩电脑，或者跟亲戚同学朋友玩耍嬉戏；这个孩子却已承担起家庭的责任，还得照顾不懂事的父亲。

李伟问了孩子过年的情况，去舅舅家了没有，舅舅怎么样？舅舅有没有问她学习考试的事，并嘱咐她要听舅舅的话，有事情可以找舅舅，也可以直接找他。郑双喜不会管家，家里的收入和孩子的日常管理都由村镇干部和孩子舅舅负责。孩子舅舅是健全人，家里日子虽然不富裕，但对外甥女还是蛮不错的，逢年过节给孩子买衣服，叫孩子到家里吃饭，不太忙的时候招呼孩子几天。开家长会，很多时候也是舅舅去。郑双喜一家享受低保，加上村集体分红，还有40亩山地流转的费用、女儿的教育扶贫经费等，家里现金收入也不少。前些年，郑双喜拿到钱，立马出去乱花，孩子开学连交学费的钱都没有。女儿没办法，只好去找舅舅和村镇干部，后来，郑双喜家的收入就不再交给他，由村上和孩子舅舅负责管理，按时给郑双喜生活费。女儿上学的费用，每学期开学由李伟或村干部帮忙去交。李伟说："过两年，孩子大些会管理财务了，就准备把家里的收入交给她，让她试着管理。"

这孩子真不容易，学习自己管理，生活自己管理，回来还得照顾父亲母亲，母亲经常离家出走，孩子心里难受，却从来不说。李伟跟她说，已经安排人去找她妈妈了，孩子总是感激地说："谢谢叔叔！"母亲被找回来的日子，小姑娘回到家里，就围在母亲身边，照顾母亲，希望母亲能够待在家里，不要四处流浪。小小年纪就背负着巨大的生活和情感重负，现在的女孩整天喊着减肥，这个孩子从来就没有胖过。孩子很阳光，努力地融入社会、融入集体，李伟说起她，总是觉得心里隐隐地痛，他希望小姑娘少一点坎坷，少一点磨难，顺利地上高中上大学，有一个好的前途，将来有一个温暖的家。

闲不住的鲁雪艳

　　雪艳的孩子上幼儿园后，公公婆婆在家里的事情少了很多，难免有些寂寞。雪艳帮公公找了一份工作，在广场边上养鸽子，一天八小时，工作也不累。喂鸽子之外，就是招呼着，不让游客轰撵鸽子，喂食不适合鸽子食用的东西。广场上人来人往，公公上下班路上可以跟人聊天，照看鸽子的同时，得空也可以跟保安、保洁和商铺的人说说话，开开玩笑，轻松愉快。工作以后，公公更精神了，走路都带风。当初，雪艳夫妻俩还担心让公公去上班，会不会被人骂"不孝"，看到公公神气的样子，两人开心地笑了。公公每月有自己的工资，可以给孙子、老伴和自己买东西，腰包鼓了，说话底气自然足。

　　村委会的工作是忙碌的，雪艳喜爱这份工作，乐于奉献。但固定的工资还是让她有些不适应，很快她发现做微商适合自己，既不影响村委会的工作，还能赚些钱贴补家用，实现自己的人生价值。雪艳开始做几家化妆品的代理，在微店和朋友圈、微信群卖东西。农村的生活水平越来越高，女性对美的追求，对精致生活的追求越来越强烈，雪艳的生意也越来越好。微商，有很多人是专职的，兼职做有时难免会跟工作有冲突。有些村民对微商不了解，误以为微商是传销，微商又没有店铺，那不是骗人吗？还有些小姐妹担心微商的东西质量没有保障，价格比淘宝和京东高，等等。也有人担心雪艳做微商，会不会影响、耽误村委会的工作？雪艳也有些困惑与迷茫，她爱美，看到身边的小姐妹因为用了自己的产品更美了，更自信了，生活更和谐了，她渐渐释然了。微商是新事物，有村民不理解，她可以解释，但放弃不是雪艳的风格。她的微商代理范围越来越广，拓展到手工艺品、生活用品、儿童服装等，她朋友圈的配图精美，文字描述贴切，善于走亲情路线，生意还真不错。

这事，有人说给南民政书记听。一天开完会，南书记叫住了她。南书记详细问了雪艳做微商的事，雪艳细心地讲解。南书记说：

"我原来想着微商又不像咱的电商，咱照金商城有线下服务站、服务中心，咱卖的是照金特产，心里踏实。那微商，你是帮别人卖货，万一哪个商家的货不好，质量有问题，或者售后有啥问题，你咋个解决。现在看来，人家微商平台管理、运营都很成熟，很规范，那你就做吧！前提是不能影响村委会的工作。"

"书记放心，保证不会影响工作！你跟阿姨需要啥就说，保证物美价廉，送货上门。"雪艳爽朗地说。

周末、节假日是雪艳送货的日子，有些村民网络技术不熟练，有些人怕麻烦，要求雪艳送货上门，她一点也不嫌麻烦，催得急了，晚上送；不着急的，周末集中送。雪艳算了一下，村干部的补贴加上做微商的收入，她的收入比西安市很多白领的收入都要高。

自己富是本事，带动身边人共同富是情怀，是党员的职责。已经有身边的姐妹加入到微商行列了，她想好好带带她们，哪怕自己少赚些，也要让姐妹们的生活品味更上层楼。

2019年正月初七，村委会就上班了，南民政操心着春节长假村上的旅游收入，社区工厂年后就要开工，准备工作怎么样了？梁万营还要谋划今年的元宵灯谜晚会，每个人都有自己的工作，大家分工明确，开始为新的一年忙碌。

2018年，照金村脱贫46户156人，剩余贫困户52户155人，贫困发生率降至8.82%。精准扶贫工作开展以来，村上严格落实"八个一批"工程，即产业扶贫、就业扶贫、移民搬迁、教育扶贫、健康扶贫、生态扶贫、兜底保障扶贫、基础设施建设和公共配套设施建设等，从根本上阻断贫困"代际"传递，实现当年红军"让老百姓过上好日子"的承诺。产业扶贫力度大，按照市委市政府要求，照金镇已实现人均1亩苹果，后塬人均3亩干杂果，如核桃、花椒等。优化产业结构，实现村村有特产。根据照金镇底子薄、村民居住分散、自然条件恶劣等情况，在产业发展上，依靠山地多、光照长、温度低等特点，探索出了"五个一"发展模式。"五个一"，即光伏发电、特色种植业、养殖业、社区工厂和蔬菜大棚各一个。目前，国家投资的6个村级光伏发电站已全部建成，电力资源除保证本村使用外，多余电源输送外地。预计村年均增收3万元，贫困户年均增收3000元。特色种植业依托龙头企业，按照"村集体经济组织+企业（合作社）+农户"的运营模式，建成了以种植连翘、艾草、海棠、油用牡丹等中药材为主的6个种植示范区，带动 6 个深度贫困村贫困户 655 户，户均年增收 1000 元以上。其中艾草种植面积和产量，尚不能满足艾绒加工企业的原材料需求。2019 年，将全面建成梨树牛厂，芋园兔场，北梁、杨山、代子塬羊厂，高尔塬猪厂等 6 个规模化养殖基地，预计每个村年均可增收 5 万～10 万元，贫困户年均可增收 1000 元以上。建成标准化设施蔬菜基地 6 个，运营后每个村年均增收 1.5 万元，并带动 50 名贫困群众就业，人年均增收 7000 元以上。芋园村支书刘海军说："芋园村标准化设施蔬菜基地（大棚）采取集体经营，贫困户可以无租金使用一个大棚（超过一个的按照每个大棚每年 1000 元租金租赁），非贫困户按照每个大棚每年 1000 元租金使用，租金作为村集体经济的收入。每个大棚年收益 15000 元左右。"6 个社区工厂已建成 5 个，2 个已投产运营。芋园村的豆腐坊年前

光伏发电（李清霞摄）

试运行，日产豆腐 300 斤，日销售收入 750 元，带动贫困户 5 人就业，人均月工资 2000 元。正式投产后，预计日产豆腐 2000 斤，带动贫困户 20 人就业，预计年收益 50 万元。

照金村光伏产业总投资 116 万元，村集团装机容量 601.6 千瓦，实现 110 户贫困户全覆盖。嫁接改良核桃树 300 亩，建成百亩优质核桃示范园一处，总投资 36.92 万元。养殖产业形式灵活，2017 年，依托义丰公司托管代养藏香猪，带动贫困户 29 户 87 人，年均户分红 1000 元；依托耀州区正裕农林公司贫困户资金托管，带动贫困户 74 户 263 人，年均户分红 500 元；秦发养殖公司，带动贫困户 75 户 265 人，年均户分红 500 元。社区工厂与江苏东台市合作建设编织厂，东台市负责技术培训和技术指导，原材料就地收集或由东台提供，社区工厂加工后，东台方面统一收购销售。

2019 年，照金村要实现脱贫摘帽，贫困发生率要降至 3% 以下。上班第一天，村委会成员明确了精准扶贫的总体目标和具体措施。下午，南民政在村委会的台阶下滑倒，摔坏了腰，被紧急送往耀州区中医医院住院治疗。住在医院里，他还惦记着社区工厂的事，梁万营和村委会的同志到区上办事，都会绕道去看望他，主要是给他汇报工作，免得他心慌。

春节期间，雪艳忙坏了，亲戚朋友走马灯式地来，有的打着探亲旗号来滑雪，有的滑雪顺便来看看老朋友、老同学。雪艳忙着招待人，一拨一拨的；有以前深圳、东莞打工认识的小姐妹，有旬邑老家的小姐妹带着孩子来的，煞是热闹。元宵节这天，表妹想让她带着去滑雪场滑雪看演出；但是雪艳要参加镇上在1933广场举行的"八星励志扶贫扶志"表彰大会，作为优秀村干部，她要带着大红花登台领奖。

再现"溪山行旅图"

　　红色旅游是照金的支柱产业，旅游产业不仅解决了失地农民的就业问题，增加了农民的收入，坚定了贫困户脱贫致富奔小康的信心，也打出了照金的品牌，聚集了人气。如今，照金已成为全国百家红色旅游经典景区之一，是全国爱国主义教育基地、全国国防教育基地、全国青少年教育基地，照金研学游也入选了"西安中小学研学旅行经典线路"。照金先后荣获中国特色小镇、中国美丽宜居小镇、丹霞国家地质公园等称号，是国家 4A 级旅游景区。

　　党建和研学游是照金红色旅游的两大特色。照金公司和照金景区管委会精心策划推出了一系列主题活动，积极拓展旅游市场，推动照金红色旅游持续火爆。2018 年是中国共产党建党 97 周年，景区推出了"建党节，来照金感受'七个一'"①主题活动，"七一"前后，单日接待成规模党建团队最高达 70 余批次，单日游客接待量突破 1.2 万人次。1933 广场上、陕甘边革命英雄纪念碑前、

---

① 七个一指"瞻仰一次革命圣地、重温一次入党誓词、重走一次红军路、听一场红军党课、唱一首红歌、出一次红军操练、吃一顿红军饭"。

薛家寨红军桥上、四号寨前，党建团队重温入党誓词的声音此起彼伏，庄严肃穆的队列，铿锵有力的誓词，使宣誓者和游客的心灵都得到了净化与洗礼。"万人放歌献给党"主题活动异常火爆，人气最高，有团队演唱的，有个人演唱的，人们用歌声表达对党和祖国的热爱，追忆经典，传承革命精神。

2019 年，清明小长假后的第一个周末，照金接待了 2000 余名研学游师生，包括西安、铜川等地的多所学校，如西安市第七十八中、西安市高新一中、西铁一中、铜川市金漠小学等。学生们穿着整齐的红军服，帽子上的五角星在蓝天白云与青山绿水间熠熠生辉。稚嫩或悠扬的歌声回荡在山谷中，重走红军路，进行红军演练，听老红军讲革命故事，孩子们仿佛回到了往昔的峥嵘岁月，对革命先烈充满敬仰。"小米饭、南瓜汤、秋茄子、味道香、餐餐吃得精又光，干稻草、软又黄，金丝被儿盖身上，不怕寒风和大雪，暖暖和和入梦乡……"革命时期的童谣回响在照金景区的大街小巷，响彻丹霞绝壁间。

研学游的许多项目和主题，是受到照金红军小学和照金幼儿园活动的启发。照金红军小学率先开展了听老红军讲革命故事、小学生讲革命故事、革命经典诵读、重走红军路拉练活动等；照金幼儿园园长王小垲是一个有情怀与担当的幼儿教育工作者，她坚持将红色教育、传统教育与家乡教育有机融合，针对幼儿年龄段设置主题活动，开展亲子活动，组织幼儿团体活动，培养幼儿的团队互助精神。她组织幼儿诵读革命时期的童谣，在幼儿园开辟独立空间模拟红军医院、军械库、炊事间等，并创造模拟雪山草地的历史情境，让幼儿切身体验红军的生活，直观感受红军艰苦奋斗、不怕牺牲的革命精神。设计系列亲子活动，诸如家长与孩子共同抬担架、为伤员包扎伤口，家长与孩子同走红军路、同吃红军菜，同唱革命歌谣、革命歌曲等，引导孩子敬仰革命先烈，热爱故乡的土地和人民。

他们的这些有益尝试，给红色旅游提供了可资借鉴的模式。研学游是照金红色旅游的特色之一，2015 年以来，景区共接待研学游游客近 600 个团次，10 万余人次，其中 2017 年近 5 万人次，同比增长 30%。这两年，研学游模式更加成熟，游客人数与规模持续增加，形成了独特的研学游套餐，即吃红军饭、穿红军服、观看退役武器展览、在薛家寨革命旧址行走丹霞红色之旅、聆听老红军讲述艰苦奋斗的革命故事、在照金牧场进行红军操练、夜间进行红军露营等。丰富多彩的研学活动让学生接受革命历史教育的同时，也锻炼了体能，获得了户外旅行的乐趣，努力形成孩子满意、家长满意、学校满意的多赢局面。

党建和研学游提升了照金的知名度和美誉度，依靠红色旅游发展起来的照金景区，可持续发展问题依然严峻，生态旅游资源的开发还有很大空间。谈到照金未来的发展，照金公司董事长李尊鹏说："下一步，照金将积极创建 5A 景区，打造全国一流红色旅游小镇，创建国家级旅游产业扶贫示范基地。助推文化旅游产业繁荣发展，持续推进民生改善和生态环境治理。进一步将照金历史、文化和资源优势转化为经济优势，带动就业创业，辐射拉动照金周边区域的发展。"将照金建成红色小镇、休闲小镇、运动小镇，未来的照金将是一个产业兴旺、生态宜居、乡风文明、治理有效、生活富裕的现代化小镇。他想象中的照金就是沈从文笔下百姓"安分而乐生"的理想世界。

照金国际滑雪场，是照金冬季旅游的重要增长点，也是村民冬季收入的重要来源。滑雪场二期工程持续推进，2017年12月16日，占地3万平方米的"冰雪奇缘"儿童戏雪乐园开放，这是陕西最大规模的儿童戏雪乐园。滑雪之外，还有雪圈、雪橇、雪地飞碟等亲子项目；还有雪地泡泡球、雪地悠波球、雪地自行车、儿童雪地挖掘机、雪地塔吊、雪地碰碰车及儿童自由戏雪区等游乐项目。展示区内还设有休闲项目，诸如雪雕、冰雕、风车庄园、雪地迷宫、雪地城堡等，游客在这里，可以体验到纯正的北国风情。雪场内还增设了溪山云尚咖啡屋、格调咖啡屋、休闲餐厅等餐饮场所，为游客提供多种热饮、中式简餐，还新增牛排、刺身、韩式火锅等异域美食。这些设施为村民提供了更多的就业机会，也增加了游客的回头率和景区的美誉度。景区还在滑雪场附近新建了枫叶客栈，方便夜晚滑雪的游客住宿。目前照金已建成配套设施完备的国家滑雪场，被陕西省体育局授予"陕西省滑雪训练培训基地"称号，举办了一系列大型赛事，"照金高山滑雪公开赛"已经成为滑雪爱好者喜爱的年度赛事。2015年1月开业至今，年均接待滑雪爱好者约10万人次。照金国际滑雪场直接解决了200余名老区群众就业，带动了餐饮、住宿、娱乐、商业购物等收入的增加，照金冬季旅游综合收入约1亿元。

2019年新年，溪山云尚咖啡屋正式运营，旋即受到热捧，成为滑雪发烧友的网红打卡地。咖啡屋坐落在海拔 1600 余米的雪场之巅，是照金的又一地标性建筑。站在这里，能俯瞰滑雪场全景，是摄影爱好者拍摄全景的最佳地点。坐在咖啡屋里，透过落地窗，雪场喧闹欢笑的人群与丹霞壮丽美景融为一体，人与自然和谐共处。溪山云尚，是情人定情的浪漫场所；独自一人，坐在窗前，想想心事，怀念一下曾经的恋人与过往，眼前白雪皑皑，心仿佛被洗过一样，是何等的惬意啊！三五良朋，静坐闲谈，也是好去处。游客在运动之余，体验到"红泥小火炉"的情趣与浪漫。

4 月 26 日，照金国际滑雪场的彩虹乐园升级改造后，全面开放，实现了雪场的全季节经营，提高了滑雪场的旅游应用率。增设了 260 米的彩虹滑道，长度为全省之最；高尔夫练习区、儿童工程机械乐园区、无动力设备区等，大人孩子均可在同一区域活动；稻草人、稻草动物，或呆萌或蠢萌，让人流连忘返，忍俊不禁。"五一"期间，照金彩虹乐园举办了"照金首届彩虹节"，推出了卡通人物畅滑表演及系列优惠活动，乐园通票一票入园，游客们玩得省心，酣畅淋漓。

滑雪场运营的成功，启发了照金团队的新当家高永才。高永才成功打造了河南云台山景区的经营模式，陕文投将他派往照金，希望他能够实现照金旅游转型升级。红色旅游创出了照金的品牌，但红色旅游人气高，经济收益有限。红色旅游的很多项目都是公益性的，需要工作人员管理，没有门票等收益，工作人员的工资福利等就需要公司统一支付。照金公司和照金村集团的经济效益，直接关系着照金村民的生活质量和工资水平，关系着脱贫攻坚战的胜利。高永才和团队成员深入调研，与照金景区管委会通力合作，寻找问题的解决办法。

夏季，19摄氏度的温度，凉爽宜人，照金是休闲度假纳凉的好地方。牧场上，盛开的格桑花，漫山遍野，色彩纷呈；阳光照射下，马儿悠闲地踱步、吃草，水滑的鬃毛闪着金光，村民和游客在清晨或傍晚带着老人孩子散步或小憩。微风吹来，白色的风车欢快地转着，似乎在歌唱着和谐静谧的夜晚。篝火晚会是游人与星月的狂欢，时尚的年轻人围着篝火唱歌跳舞，放飞自我，烧烤、啤酒、花环，这一刻的照金，仿佛梦幻一般。

高永才意识到照金旅游的劣势在于：有文化没有转化，有资源没有整合，有景点没有规模，有散点没有串线。照金旅游的远景目标已确定：建设国家5A级旅游景区、国家级旅游度假区、国家生态旅游示范区、国家文化创新示范区。如何通过旅游发展实现产业扶贫、消费扶贫呢？他认为保证照金老区人民的稳定脱贫和照金旅游业的发展，必须以游客的到访并且消费为前提。新时代的红色旅游不仅要有国家视野，也要有游客视角。激发游客的消费热情，符合消费扶贫的政策，照金有丰富的土特产，让游客留下来、带回去，才能增加旅游收入，有效改善民生。

依托照金红色旅游名镇，建设溪山国家公园和照金运动休闲特色小镇，是照金旅游升级的短期目标。

红色小镇建设之初，照金境内的多条河流干涸，地下水位下降，湿地面积严重缩水，个别塌陷区生态环境堪忧。昔日的"溪山行旅图"缺了半壁江山，让人叹惋。景区管委会主任闫新民有

再现"溪山行旅图"（李荣绘）

再现"溪山行旅图"

一个梦想：重现"溪山行旅图"，延续溪山文化的历史文脉。他和照金团队一起走访地质专家、水利专家、生态专家，想要找到一条适合照金生态恢复的长远发展之路，即峡谷水溪的恢复与治理遵循生态优先原则。

2019年4月26日，照金薛家寨景区综合提升项目重点工程——薛家寨水系改造项目①竣工开放，项目在确保防洪安全的前提下，最大限度地统筹了自然降水、地表水和地下水的系统性，利用有机水循环，重塑溪山胜景。薛家寨水系项目起自景区大门入口处，环绕山脚自然展开，终于溪山幽谷。自然设计总长度1.5千米，河道高差65米，设有5大生态景观堰、多处过水堰，自然形成7处较大型水面，并因地制宜设置2处景观桥、多处景观廊架、木栈道、木平台和景观石，同时结合水面点缀景观树、滨水植物。水系留存有将军石、范宽洗笔处等自然、人文景观，并增设"说话树"等生动有趣的科技景点，传统与现代有机结合。

项目的自然景观设计参考了"溪山行旅图"的景观，景区开放当天，溪水流觞、绿林繁茂、高山仰止、小径迤逦、花映丹霞，旅人缘溪漫步，一幅新时代的"溪山行旅图"徐徐展开。党建、研学、自由行团队沿着溪流缓缓走来，有穿红军服的，有穿旗袍的，有穿西装的，有穿唐装的，有穿夹克的，有穿超短裙的，俨然是时装展览会。水岸边，一群孩子在朗诵诗歌；绿树下，一位老人

---

① 薛家寨水系改造项目是按照国家5A级景区标准规划建设，综合山、河、泉、人、文、娱、景、绿等要素，统筹空间尺度，运用传统园林手法打造的最具观赏性、体验性的旅游景观和照金名片。

撑起画架描摹着新时代的"溪山行旅图"。水滨之地，旗袍秀、汉服表演，吸引了无数的游客，拍照片拍视频，争相发在自己的朋友圈、微博或抖音上，幸福的生活要跟大家分享，每一个游客都是照金景区的宣传员。

项目建设中，除技术人员外，具体施工人员尽量吸纳当地劳动力。景区水系管理维护，提供了大量的就业机会，景区管委会和照金公司优先安排贫困户就业，保证他们顺利脱贫摘帽。生态旅游升级，旅游扶贫再创新模式。

下一步，他们计划通过对薛家寨等文化资源的保护和开发，释放发展活力，奋力向"运营周期 200 天、旅游客群 200 万、人均消费 200 元"目标迈进。为实现这一目标，照金公司开展了为期 5 天的"经营一线员工服务礼仪与服务技能专项培训"活动，以贴心服务提高游客满意度，留住游客，才能促进消费，提升经济效益，改善民生。

像海浪一样生活

照金精神：不怕牺牲、顽强拼搏的英雄气概；独立自主、开拓进取的创新勇气；从实际出发、密切联系群众的工作作风。

不幸的家庭各有各的不幸。

海浪，这个充满诗意的名字，让人不由想起浩瀚的大海，雪白的浪花，沙滩上，椰树下，捡拾贝壳的小姑娘。海浪确实是一个姑娘，一个被上帝忽略、忽悠的姑娘。海浪出生在耀州区庙湾镇五联村，曾经的照金苏区，她的父母是普通农民。1992年，已经有一儿一女的农家又添了一个小女儿，一家人对小女儿倍加呵护。细心的母亲发现孩子的小胳膊总是蜷着，似乎伸展不开的样子，心里产生了疑虑，但家人还是抱着美好的幻想，以为孩子长大就会好了。

眼瞅着海浪快一岁了，但情况没有丝毫好转，这让家人猛醒，孩子八成是生病了。父母带着她四处求医，最后西安市儿童医院给出结论：先天性脑瘫。为了给海浪治病，父母到处借钱，亲戚都被借遍了，最艰难的时候，父亲借了高利贷。那时，农村孩子没有公费医疗，没有医保。治病很费钱，医院就像"无底洞"，最多的一天就花了4000元。母亲很自责，她怨恨自己没有早点意识到孩子那是生病了，她觉得对不起孩子。

在西安苦撑了三年，海浪的病情没有好转，医生说能用的方法都用了，该做的治疗都做了，再没有什么好办法了。母亲流着眼泪抱着海浪回家了。

海浪是不幸的，也是幸运的。全家人被迫接受了残酷的现实，集全家之力照顾海浪。海浪的四肢严重萎缩，不能活动，吃饭、穿衣都要家人照顾。随着年龄的增长，海浪逐渐意识到自己与他人的不同，接受了被人照顾的生活。她每天能做的事就是：吃饭、睡觉和发呆。海浪听话乖巧，从不闹人。每天早上，看着妈妈忙碌，等着妈妈忙完家务来给她穿衣、洗漱、喂饭。妈妈下地干活，就把她抱到田间地头，她的眼睛跟随着母亲的身影，她认识了地里的庄稼，山野的树木、花鸟和小动物，她懂得农时，何时播种何时收割。母亲看在眼里疼在心上。女儿的心越亮，她越觉得亏欠了女儿。哥哥姐姐有空的时候，也会抱着海浪出去玩，虽然她不能和小朋友一起玩耍，不过能够出门，看着别的小朋友玩耍，她就高兴。

家人的关爱，使海浪并没有因为身体残疾而过分自卑，但她没有上过学，父母悉心照料她，也不强求她读书。哥哥试图教她识字，她觉得自己天天在家，四肢都不能动，识不识字、读不读书跟每天的生活有什么关系呢，她的世界就只有一个村庄这么大。

姐姐和哥哥外出读书、工作后，海浪感到了寂寞，每天无边的日子，白天、黑夜不断交替，她很多时候只能面对四堵墙。有一天，她看到姐姐、哥哥留在家里的书，书上密密麻麻的都是字，她一个都不认识，她很生气，生自己的气，恐惧在一瞬间吞噬了她。不行，我得认字！

父母忙于生计，不是干农活，就是干家务，哪有时间耐着性子教她呀；哥哥姐姐都离家在外，没法教她。没有什么能阻止下决心要认字的海浪，她想到了办法。

家里的生活捉襟见肘，海浪大些了，母亲不能随时带着她，父母便买了一台二手电视，希望女儿一个人在家时，不至于太孤单寂寞。聪明的海浪发现电视上有字幕，电视上的人发音都很准，她可以跟着电视字幕学习汉字啊！她每天盯着字幕记发音记字形，根据电视里的讲述和剧情揣摩汉字的含义。很多年后，海浪跟记者说："可能是我运气好吧，猜的那些意思基本都对。"

三年，一千多个日子，海浪记住了一些常用的汉字及文字表述。

机会永远留给有准备的人，移动通信改变了海浪的生活。2008 年，姐姐送给海浪一部手机。姐姐的初衷是希望妹妹能接听电话，生活更丰富。妹妹全身上下，只有嘴巴是灵活的，可以受意志操控的。电视开阔了海浪的视野，她有了自己的想法——用嘴唇操作手机键盘，通过笔画完成文字书写。用嘴唇操作手机键盘，难度可想而知。海浪的嘴唇磨出了水泡，她没有放弃。这还是那个每天望着灰黄的墙发呆的妹妹吗？那一刻，姐姐仿佛看到精卫衔着树枝枯草，拍打着翅膀，在大海上空飞翔。家人心疼的同时，更感到骄傲欣慰。

一年后，海浪能顺利打出一行字了。

后来，哥哥帮她申请了一个 QQ 号，海浪可以在网络世界畅游了。她在 QQ 上遇到了不少像她一样的残疾人，她和他们聊天交流，谈社会谈人生谈命运，也交到了好朋友，知道了许多新鲜有趣的事。海浪的生活面拓宽了，她发现生活丰富而鲜活。

海浪成了一个与时俱进的女孩子，她开通了微信，加了一个脑瘫患者的微信群。在交流中，她知道虽然都是脑瘫患者，但各人的症状不同，身体的可操作性也不一样，她应该算是最严重的情形。在群里，她看到病友交流工作的心得，有的人能做一手好菜，有的人能绣出精美的十字绣，还有的人拥有着一份正常的工作，她的心活络了，自己能干点啥呢？这几位朋友能做的，她都做不到，她的手没办法活动。她像一个投资者一样思索着，她拥有了一部智能手机，功能更加强大，触屏操作，对她来说是"技术"的进步，她打字速度更快了。在网上搜索，寻找适合自己的工作，成为海浪每天的必修课。微商，这个新生事物闯入她的生活，她在网上浏览，了解微商的运营情况。结果发现，做微商也不容易，对她来说，困难有两个：一是好多微商代理都是自己囤货，她没有前期资金投入，贷款风险太大；二是微商组织太多，微商群里每天都是各种励志销售口号，还有各种课程，有些搞得像传销一样，她无法判断真伪，担心上当受骗。她决定再观察一下，等待时机。

2015 年，海浪家被纳入建档立卡贫困户。海浪的情况引起了帮扶人的关注，她家的帮扶人是耀州区文化馆副馆长程薇，入户走访时，她看到海浪会用手机上网，海浪想有一份适合自己的工作，便提议"试试微商如何"。

有了程薇的帮助，海浪决定试一试。两人开始在微信上商讨代理什么产品，需要注意什么问题。根据海浪的具体情况，他们选定了枣夹核桃和黄桃罐头等产品。海浪整天在网上畅游，她深知诚信是做微商的根本，代理产品的质量一定要有保障。她和程薇买了好几个品牌的产品试吃，最终选定了她们代理的产品。海浪手脚不能动，程薇帮她联系厂商、物流，还替她付了订金。

万事俱备，东风却迟迟不来。海浪不是诸葛亮精通天文地理、奇门遁甲，她的东风是勤奋，是持之以恒。第一个月，海浪成交量是零；第二个月，成交量仍是零；第三个月，盯着手机屏幕的

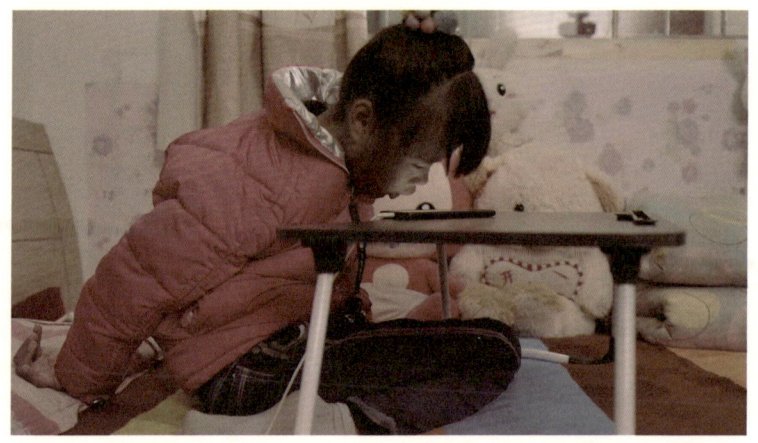

工作中的海浪（戈跃平摄）

海浪发现生意来了，有人要买2斤枣夹核桃，她赚了15元代理费。几天后，有人买了一箱黄桃罐头，她赚了10元。海浪有生意了，她代理的产品也在增加，枸杞、葡萄干、小米、蜂蜜等。

2017年，海浪用自己赚的钱，平生第一次给父母送了礼物，妈妈收到了衣服，爸爸收到了烟。妈妈心疼地说："这孩子，就知道乱花钱。"她看到母亲眼里欣喜的泪花，她终于能赚钱养活自己了，可以替父母分担一些了。海浪越来越爱笑了，尽管四肢严重萎缩，身形依然弱小，生活起居还得依靠家人照顾，但她终于有收入了。

她每天的日常就是，早上在母亲照料下洗漱，吃早点，然后开始张罗自己的生意。她用嘴唇轻轻触碰手机屏幕，精心挑选图片，配上质朴的文字，一般是几十个字，宣传自己的产品。她这样为她的枣夹核桃做广告："早餐来两颗我们的枣夹核桃，营养健康又美味，独立小包装方便、易保存，需要的朋友记得联系我哦！"她把产品信息发布在朋友圈里，有需要的朋友就会联系她。海浪有3000多微信好友呢！三年多来，海浪的产品销量渐趋稳定，她有自己的统计数据。旺季，即春节前三个月平均月收入1900元；淡季平均月收入400元，全年收入合计9300元。2017年，贫困户脱贫摘帽的家庭纯收入是人均3070元，耀州区的区域标准是3500元。按照海浪淡季400元的月收入，一年可收入4800元。从个人收入层面看，海浪实现了"个人单项脱贫"。4800元，可能是很多工薪阶层一个月甚至半个月的工资，但它是海浪一年辛苦的收入。4800元，可能不够某些土豪餐桌上一瓶酒的费用，可能不够某位明星一件衣服或一样化妆品的花销，但它是海浪用嘴唇一次次触动屏幕、一次次期待、一次次努力的收获。海浪的"钱"带着温度，带着人的尊严，带着成功的喜悦，带着生之渴望与力量。

2018年9月，耀州区残联得知海浪自主创业的事，便想再给她添把柴，残联给她送去1万元电商扶持金，帮助她扩大再生产，还给她送来货架，在她家里办起了一个小型超市——"海浪综合商店"，海浪也有实体店了。残联还联系邮政部门，在海浪的商店里设置了一个快递收发点，每收发一个快件，她可以挣1元钱。海浪今年27岁了，跟父母一起生活，实体店是父母和家人帮她打理，她负责进货发货，在网络上与客户联系。家里的收入多了，母亲也有更多的时间帮助海浪创业，照顾海浪的生活起居。她每天在网上忙碌着，有时也抒发一下人生的感慨，她在微信朋友圈发了这样一段话："每天忙碌的生活，让我活得充实而有意义。我没有什么大梦想，更没远大的目标，我只希望有一天能够自己赚钱养自己，让爸妈少辛苦一点……"①

当上帝为你关上一扇门的时候，他又会为你打开一扇窗，这扇窗在哪里，如何打开？上帝没有明示，海浪在无边的空寂中摸索了好多年，才发现微商这扇属于她的"窗"，命运对她来说或许不公，但她从不抱怨。命运不能改变，就只能努力改变自己，让自己坚强地面对一切，海浪用自己的创业历程实践着这句话，简单而纯粹。

---

① 详见海浪2019年5月24日微信朋友圈，海浪微信名"轮椅女孩的梦想"。

2019 年 5 月底，海浪的励志故事被媒体广泛报道，很多网友想要帮助海浪实现梦想，有人开始给海浪捐赠，31 日晚，海浪在微信朋友圈贴出她退还的四位朋友的捐赠款项，分别是 600 元、1000 元、800 元、180 元等。她郑重声明：

　　"感谢大家对我的帮助与肯定，你们白白转的钱我是万万不能收的，我都一一退还了……希望不要介意，首先我已经能通过自己的努力可以挣钱了，如果购买我的产品，我会全力以赴做到最好，古人不是说，廉者不受嗟来之食嘛，何况我虽然残疾，但是有你们，我也感觉完美，万分感谢。"

　　海浪的坚守与自强不息感动了很多人，荣誉接踵而至，她被评为"铜川市第五届自强励志道德楷模"，获得"陕西省 2019 年脱贫攻坚奖'奋进奖'"，9 月荣登"陕西好人榜"。11 月 2 日，铜川市委书记杨长亚到耀州区调研残疾人工作，专程探望了海浪。海浪坐在床上，背后的墙上是海浪和妈妈的合影，床头靠着粉红色的小兔子玩偶，海浪胸前是长条形的炕桌，杨长亚坐在床边，亲切地询问海浪的生活起居、住房就医、经营收入等情况，海浪脸上洋溢着自信的笑容，她感谢党和政府的关怀，感谢党的好政策，对未来充满向往。杨长亚鼓励她要把荣誉当作激励、当成动力，继续发扬自强不息、顽强拼搏的精神，努力把自己的日子越过越好，感染带动更多贫困群众脱贫致富。杨长亚说：关爱残疾人是社会文明进步的重要标志。他还走访了市残疾人体育训练基地和庙湾镇柳林村山核桃加工扶贫工厂，对耀州区残疾人工作做了重要批示。他强调要"用心用力办好残疾人事业，满足残疾人群体美好生活需要"。15 日，新华社客户端发布视频《向上吧，海浪》，集中报道了海浪的励志故事。

25 日清晨，北京天安门广场。鲜艳的五星红旗冉冉升起，天很蓝，初升的太阳照射在五星红旗上，闪烁着金红色的光芒。海浪庄重的小脸上闪耀着幸福的泪光，多年的梦想实现了，她坐在轮椅上观看了庄严的升国旗仪式，身边的母亲和家人也难掩激动之情。这一刻，她产生了想要站起来的强烈冲动，感恩世界，感恩党的好政策，感

海浪和家人在天安门广场（戈跃平摄）

恩社会上的热心人。海浪静静地感受着置身天安门广场的奇妙，感受祖国的富强伟大。帮助海浪圆梦的是中央广播电视总台。

海浪的故事传播开来，中央广播电视总台《绝不掉队》栏目组专程深入耀州区拍摄了大型脱贫攻坚纪实片《和海浪一起前行》，拍摄过程中，摄制组的编导们了解到海浪的梦想，便产生了帮助轮椅姑娘圆梦的"公益梦想"。中央广播电视总台领导高度重视，积极协调天安门广场管理委员会，商定于11月25日早晨，海浪参加天安门广场的升国旗仪式。此前，海浪去过最远的地方是省城西安。出发去北京的前夜，海浪做了一个梦，她梦到自己走在天安门广场上，梦到自己手里拿着笔在填写快递单……

在高铁上，海浪兴奋地跟记者和身边人诉说，她感动，她只是随口一说，竟有那么多领导和热心人关心她，迅速行动起来。北京之行实现了海浪人生的好多个第一次，第一次坐高铁，第一次出这么远的门，第一次去北京，第一次去天安门，第一次观看升国旗，第一次参观鸟巢，第一次参观中央广播电视总台，在央视的会议室参加座谈会，海浪说她会更加努力，希望大家能看到她的成长与努力。

耀州区委相关同志、海浪的帮扶干部、社会与法治频道综合部主任段晓超、大型电视扶贫行动《绝不掉队》总导演侯茜、纪实片《和海浪一起前行》导演韩道明等参加了座谈会。段晓超说：海浪的励志故事很感人，海浪身上体现出的热爱生活、追求幸福、身残志坚、善良乐观的精神，正是坚决打赢脱贫攻坚战所需要的。通过宣传海浪，能够鼓舞和激励更多和海浪一样的残疾人，重树生活信心，勇于搏击挑战，坚定战胜贫困的信心。

纪实片《和海浪一起前行》已通过中央广播电视总台融媒体多平台同步播出，让海浪的精神感染激励更多人。

脱贫攻坚战，全社会都在行动。

照金的笑脸

照金村扶贫大事记

（2004 至 2020 年）

2004 年

4 月，陕甘边革命根据地照金纪念馆正式开馆。

2008 年

开展"新农村建设"。

2009 年

被铜川市耀州区照金镇人民政府授予"2008 年度新农村建设"先进村称号。

铜川市被确定为全国第二批资源枯竭型城市，照金镇两家煤矿先后停产，村民就近就业机会减少，外出打工人数增加。

2010 年

大力开展乡村旅游。

2011 年

被铜川市旅游局授予"铜川乡村旅游示范村"。

陕西省促进铜川资源型城市转型发展领导小组第二次会议确定了照金红色旅游景区项目，景区中心位于照金村。

2012 年

8 月 19 日，照金红色旅游名镇一期项目正式启动。

8月23日，照金公司召开征迁大会。村民陆续签署购房合同、土地流转协议。

9月，"照金村"牌核桃油、亚麻油和红色创意产品投入生产。

10月14日，陕西照金村红色旅游发展有限公司，即"照金村集团"正式成立，37位村民入股，成为股民。

12月，铜川市照金红色城乡统筹就业创业培训基地隆重揭牌。红色城乡统筹就业创业培训班开课，专业有酒店管理、手工艺品制作等，村民积极参加。

2013 年

1月4日，首批"照金村"牌生态农产品正式面市。

2月18日，全面启动红色文化创意街区招商活动，照金村民可优先认购或租用。

3月28日，照金村物业公司、照金村生态农业公司、照金村景区管理公司正式成立，隶属照金村集团。

4月5日，"照金村"牌红色农产品和创意产品亮相西洽会。

6月4日，照金村富民金银花专业合作社正式注册成立。

7月15日，照金牧场落成开放。

7月25日，召开照金村民回迁动员大会，村民回迁工作有序展开。

8月19日，照金红色旅游名镇建成开放。

11月，"照金村集团杯"首届红色全民趣味运动会召开。

12月，照金村村民领到照金村集团的分红，股民领到股金。

2014 年

5 月，被铜川市耀州区授予 2013 年度"全区农民增收先进典型村"。

照金中心小学荣获首届"陕西最美小学 20 强"称号。

照金新型城镇化建设模式形成，村民实现"家家有就业"。照金模式，引起社会各界广泛关注，陕西日报、海南日报等多家媒体及国际在线、中国青年网等网站进行报道。

2015 年

2 月 14 日，习近平总书记到照金村考察老区人民的生活，祝愿"老区人民的生活越来越好！"

3 月，被铜川市妇女联合会授予"妇女培训基地"。

光明日报、中国日报、经济日报、陕西日报等报刊，人民网、新华网、央视网等先后报道照金红色旅游与城镇化，使农民走上幸福路。

4 月，被耀州区委、区政府授予"2014 年度平安示范村"。

21 日，照金村社区微信公众号开通，照金村进入办公系统自动化。

5 月，被耀州区委、区政府授予"2014 年度'美丽乡村'建设先进村"。

7 月，伙食店组人饮工程建成，困扰近 200 人的吃水难问题得以解决。

夏，照金村 70 多亩玉米被野猪糟蹋，部分村民损失惨重。

9 月，精准扶贫工作全面展开。年底，完成贫困户的精准识别和建档立卡工作。

11月，位于照金景区文化创意街区的"照金镇农村电子商务服务中心"建成，隶属"逛集网—照金商城"电商平台。照金村进入电商时代。

冬，照金国际滑雪场投入运营，填补了冬季旅游空白，增加了村民的就业机会，保障村民收入全年不减。

2016年

被铜川市授予"美丽乡村示范村""市级卫生村""美丽乡村'富裕村、平安村、生态村、智慧村'"称号。

1月19日，"照金村之声"开播。

9月，照金村精准扶贫捐赠暨陕甘金藜开园仪式在1933广场召开，铜川市耀州区明志农业科技有限公司采取"公司＋农户"的订单模式，带领村里的部分贫困户种植藜麦。

照金村成立村互助资金协会和村级经济合作组织，帮助村上遇到突发灾难的群众，也给缺少资金而致贫的贫困户提供无息贷款，最多1万元。

2017年

1月7日，照金中心小学被全国红军小学建设工程理事会授予"中国工农红军照金红军小学"。

春，村委会派鲁麦莲等5名村民到江苏键舒户外家具有限公司学习藤条编织技术。照金藤条编织工厂开始建设，2019年3月投入使用。

被省妇女联合会授予"省级妇女儿童之家"。

被耀州区授予"社会主义核心价值观'六进'活动示范村"。

照金景区二期项目有序进行。照金圣地新苑小区项目主体施工全面完成；照金游客服务中心、商业街提升改造、溪山客栈酒店、照金滑雪戏雪区改造项目全面建成并投入运营。

照金村光伏产业建成使用，装机容量 601.6 千瓦，实现贫困户 110 户 363 人全覆盖。

建成百亩优质核桃示范园一处，嫁接改良核桃树 300 亩。

开展企业扶贫，依托义丰公司托管代养藏香猪，带动贫困户 29 户 87 人，年均户分红 1000 元；依托耀州区正裕农林公司贫困户资金托管，带动贫困户 74 户 263 人，年均户分红 500 元；秦发养殖公司，带动贫困户 75 户 265 人，年均户分红 500 元。

2018 年

3 月，原耀岭村和照金村合并，成立照金村。

5 月 30 日，习近平总书记给照金北梁红军小学学生回信，鼓励他们努力学习，将来做对国家、对人民、对社会有用的人。

6 月，村委会被铜川市耀州区组织部授予"先进基层党组织"。

10 月，异地搬迁安置小区圣源小区建成，安置贫困户和搬迁户 171 户。

12 月，陕西最大的"冰雪奇缘"儿童戏雪乐园开放，占地面积 3 万平方米。

"五个一"产业扶贫模式初见成效。

2019 年

1 月，"溪山云尚"咖啡屋正式运营，旋即成为滑雪发烧友的网红打卡地。

18 日，《人民日报》头版头条刊发《老区村庄变景区生产生活变了样（总书记的深情牵挂——来自贫困乡村的精准脱贫故事）》，引发社会广泛关注。

2 月 19 日（元宵节），第二届照金镇八星励志表彰大会在照金 1933 广场隆重召开，八星励志明星户、优秀村干部、第一书记们受到表彰。

照金村举办己亥年第三届灯谜晚会、照金村平安杯篮球友谊赛等文体活动，庆祝元宵节。

4 月，照金村贫困户就业创业代表鲁麦莲参加耀州区人社局组织的"耀州—东台"劳务协作对接交流活动。

5 月 31 日，在照金 1933 广场举行了"托起明天的太阳"铜川市庆祝"六一"国际儿童节文艺演出。

铜川市在照金镇构建革命老区就业创业服务圈，成效显著。

照金村实现全面脱贫。

2020 年

春，村民团结一致抗击疫情。

巩固脱贫成果，实现全面小康。

后　记

　　樱花开了，疫情基本控制住了，新书即将出版，好消息还真是多呢。

　　书写完，总有些需要说的话，需要交代的事。《十村记：精准扶贫路——多彩照金》（以下简称《多彩照金》）这本书，不得不交代的事，似乎有点多。于我，略显沉重。

　　2018 年暑假的一个晚上，《光明日报》陕西记者站站长张哲浩发微信说有件事让我和他一起做。原来是湖南教育出版社要出一套精准扶贫的丛书，体裁是报告文学，其中一册是《梁家河》，主编是《光明日报》前副总编刘伟先生，张站长约我跟他合作撰写。我曾经写过精准扶贫方面的文章，也随不同的机构和项目组做过精准扶贫的调研，去过好几个省的贫困县、贫困村，深入到贫困户家中，与贫困户和当地的扶贫干部座谈，搜集整理了一些资料，准备有精力的时候写点东西。

　　我觉得自己有些积累，张站长是我多年好友，颇有见识和成就的资深记者，跟他合作定能学到很多，我便欣然应允。随后，编委会开会，到十八洞村调研，确立了丛书的编写体例。查阅文献资料，撰写采访计划，确定全书结构。书中涉及的人和事，新中国的扶贫历史，陕北的历史文化，梁家河的历史文化变迁等，将资料分门别类整理好，每个章节的小标题也拟好了，下一步就是走村串户，与贫困户和当地基层干部面对面交流，获得第一手资料后，完成全书的撰写。11月底，我的膝盖意外摔伤，采访的事只好搁置。后来，由于各种原因，我们把采访对象更换为照金村。养伤期间，我开始整理照金精准扶贫的文献资料。

去照金采访那天，是2019年2月14日，正月初十。2015年的这一天，习近平总书记到照金探望老区乡亲们，对精准扶贫工作作出了重要指示，他希望村党支部和村委会的干部团结一心，把乡亲们的事情办好。张站长负责对接当地政府，给我们联系好采访事宜，我和张航智、余碧航三人先行，他忙完手头的工作，到铜川与我们会合。中午，雪越来越大，我先生刘天才开车送我们去照金。高速公路封了，警察告诉我们通往照金的旅游专线没

飞雪中的薛家寨（作者提供）

有封，建议我们走那条路。沿途，我们欣赏到雾凇奇景，格外惊喜。路上几乎没有车，我觉得自己仿佛置身于童话世界。开车人无暇欣赏美景，小心谨慎驾驶。驶出山口，白雪覆盖的照金红色小镇映入眼帘，哪里是人们想象中的贫困村，这梦幻般的小镇充满了北欧的异域风情。

照金，是一个有故事的地方。

从采访到 6 月底完成初稿，不到半年时间。其间，还写了一万多字的调研报告，两万多字的小报告文学，这两篇小文章是长篇报告文学的基础。由于更换选题，我们的工作量事实上增加了许多。之前整理的资料有许多依然可以用得上，比如国家及陕西省精准扶贫的资料，各地精准扶贫的措施、效果等。写一个村的精准扶贫，是以一斑而窥全豹，通过一个村辐射一个镇、一个县，甚至全国，还要将这个村放在世界范围内，放在人类摆脱贫困的大格局中去考察，寻找它摆脱贫困的内外动因与示范意义，以期为世界性的脱贫"战役"提供经验借鉴。这些，都是我长期思考的问题。多年来，我一直关注乡土叙事、底层叙事、打工文学等文学现象和思潮，并为相关文本撰写了好多篇评论。

我从小生活在铜川矿区，这一点，我从不避讳。大学毕业后，在铜川工作了两年多。这片生我养我的土地，我太熟悉了。一位作家朋友曾经跟我说，他父亲说煤矿是人世间最苦的地方，宁可做农民，也不做挖煤工。而照金镇是铜川的深度贫困区，照金人民的贫困状况和艰难处境可想而知。照金是革命老区，有光荣的革命传统，2006 年夏，我博士毕业，儿子小学毕业，我们一家人自驾从西安到旬邑再到照金，后经三原返回西安，重走当年红军打游击的线路，对孩子进行革命传统教育。铜川和照金，它们的辉煌，它们的灾难，都深藏在我心中。感谢张站长，给了我书写它的机会。对我来说，这次写作是神圣的。

我要把这本书献给生我养我的这片土地。

写作的这几个月，紧张，忙碌，超负荷。出版社催得紧，我也不愿意拖丛书出版的后腿。这段时间，除了学校的工作，我推掉了几乎所有的社会活动，包括学术会议。老刘承包了买菜、购物等一切需要外出的事务，为了让我多一点休息时间，他常常从外面带饭给我吃。儿子在澳洲留学，每次发微信都要询问写作进度，叮嘱我不要太累。老刘还有一项艰巨的任务，就是照顾我的身体，定期带我看医生，每天看着我熬药吃药。坦率地说，我的健康状况不适合这种短期超强度写作，这次是一个意外，按照最初的写作计划，时间足够我细水长流地写。只是中间出现了一些人力不可控的因素。

初稿交出后，我大病一场，四个月没有开过台式电脑。

《多彩照金》，险些成为我今生的"绝唱"。

这套丛书，按照出版社的要求是写成报告文学形式。在写作中，我借鉴了史志、民族志和"非虚构"的理念与写作手法，《多彩照金》重点是写照金村精准扶贫的故事，我想写成照金的村志和断代史。作为文学研究者，我意识到这些年读者对报告文学这种体裁颇有微词，非虚构的创作理念，我更加认同。我们过去的许多报告文学剪裁得太干净，主题太鲜明；非虚构作品注重表达现实生活的复杂性、深刻性和丰厚性，旨在挖掘、发现、表现真实，"逼近"真相。从毛糙的、鲜活的生活感受中抓取最具有典型性的事件、最有个性的人物及最耀眼的细节，来反应照金的历史变迁，呈现照金精准扶贫的真实，是我的企图和努力。"对一切都不视为想当然，每时每刻都看到、触摸到而且感觉到，以一种宗教的方式来赞美这个实体的世界"，我非常赞同 V.S. 奈保尔的这段话。在村里，我们认真倾听每一个贫困户的讲述，感受他们的艰辛，分享他们致富后的喜悦；跟着扶贫干部走家串户，看他们是如何做基层工作的；呼吸照金的空气，感受生态环境改善后，鸽子羽毛的洁白，树木的葱绿，街道的整洁，人们的笑语，真心地为他们欢喜，诚心地歌颂精准扶贫的好政策。

有人将茨威格当作非虚构写作的鼻祖，在给朋友的信中，茨威格曾说"出于绝望，我正在写我一生的历史"；他要写出事实与心灵的真实。我写照金，不是出于绝望，而是出于热爱。

我也想写出这个时代的真实，写出照金人脱贫攻坚中被忽略的事实的真实和心灵的真实。在村委会办公室，见到鲁雪艳，第一眼我就觉得这个女孩是有故事的。在村主任梁万营家，他跟我谈到他关于如何防止贫困户脱贫后返贫的思考，那一刻，我看到了中华民族的希望。当我问刘小平日子好过了，不想要个二孩吗，儿女双全多好啊，他温和地笑笑，说："有女儿就够了。"笑容后，还有很多的无奈、辛酸与故事，我感受到了，我也能理解，我没有追问他，也没有问村上的任何一个人，有些故事是个人的，就留给个人吧。尊重人，有时比发现真相更重要。村支书南民政是我们离开照金前一天才见到的，地点是病房。春节收假后，他在村委会的台阶上摔伤了。采访中，总有一些事，干部群众讲述的版本不同，这时，大家总是说你去问南书记，他知道。南书记俨然是照金村的百科全书，可惜我们的采访只能挑那些"语焉不详"的事来问，因为躺着说话实在是太艰难了。南书记当了三十多年村支书，他有太多的故事，初稿完成后，我还想再采访他，对写作中的有些问题进行补充，雪艳说南书记住院了。南书记是书中贯穿始终的人物，他的故事有他个人的讲述，更多是村人和各级干部的讲述，我把每个人口中的南书记塑造成书中的"南书记"。

书中有一个贫困户鲁麦莲，我见到她时，她已经成为脱贫致富的典型，住在窗明几净的单元房里，脸上洋溢着成功女性的自信与微笑。你很难将面前的人和那个饱经生活磨难的不幸女人联系在一起，变化太大了。鲁麦莲，让我深刻领会了精准扶贫的实质与价值。扶贫为什么要"精准"？贫困户之所以贫困，一定有他们自己的原因吗？还有"扶贫扶志"的提法，贫困户中到底有多少懒汉，脱贫愿望与脱贫能力的关系，等等。她迫使我不得不重新思考这些问题。生在贫困家庭，用尽全力地生活，灾难和明天哪一个先到，她无法决定，更无法改变。写鲁麦莲时，我脑海中总是闪现出陀思妥耶夫斯基的《被侮辱与被损害的人》。她勤劳，她自强，她一次次遭遇生活的不幸，她一生中得到过社会和无数人的帮助和援手，可她依然生活在贫困线以下，直到成为精准扶贫的对象，她终于找到并抓住适合自己的机会，在政策关照下，在扶贫干部扶助下，实现了脱贫致富。我曾无数次替鲁麦莲思考、设想，如果要抱怨，她甚至找不到该抱怨的人，除了抱怨上帝没有让她出生在富贵人家。那么，鲁麦莲的贫困原因是什么？我对她人生的每一个阶段进行了细致深入的考察，发现国家和地方每一次政策和规划的调整，都会直接影响到她的生活。有时，好政策具体到个人头上，也可能影响个人的生活和命运。煤矿加强安全生产，绝对是好事情，但是到了鲁麦莲这里，就不一样了。鲁麦莲丈夫手有残疾，被矿上辞退，家庭收入骤减，生活水平受到严重影响。脱贫是因鲁麦莲赶上了好政策、好时代，但能成为致富典型，鲁麦莲的主观努力是关键。在致富路上，党的好政策，党的好干部，是"推手"，是外力；起决定作用的是个体的主观愿望和努力。个体命运与国家命运息息相关，党和国家是人民的靠山；国家富强必须依靠个体的合力，共同富裕才是我们奋斗的目标。

海浪，很多人写过，我不用关心海浪脱贫后的情况，有太多人在关心；我关心的是海浪脱贫前的生活。不要说那些都已经过去了，她现在不是过得挺好的。我想让人知道她得到这些，付出了多少。她没有上过学，手脚没有知觉，她是如何认字，并学会了电脑的基本操作。海浪最后会上网，能做微商，用嘴唇打字跟网友和客户交流，上电视节目，到天安门广场观看升旗仪式。做这一切，她付出了怎样的努力？我曾经在课堂上让学生尝试用嘴唇触碰屏幕打字、发图片、发朋友圈，刚开始，有学生说，老师，我也做得到呢！我问她手脚不能动，每天吃饭洗脸上厕所都要家人帮忙，你还做得到吗？学生们沉默了。

后 记

什么是真实？我们看到的从来都不是"一切"。

精准扶贫政策，起到了"扶上马送一程"的作用；全面小康之后，如何实现中华民族伟大复兴，防止边缘户掉队，防止脱贫户返贫，将是党和国家的重要任务。

初稿完成后，我发给了雪艳，请她和村里人帮忙审阅，核实相关事实。雪艳热情，认真负责。照金村和镇上的相关情况及联系都是她在帮我。从人名、地名、时间到事件的细节，照金村的乡亲们和朋友们都认真地核对，让我非常感动，他们把写书这件事当成了自己的事。照金村集团和照金公司的同志核对了与他们相关的事实，提出了意见和建议。二稿，我发给了铜川市委宣传部副部长李建西同志，宣传部委托市文联的吕学敏同志审阅，吕老师对作品进行总体评价的同时，也提出了意见和建议；李建西同志也提出了意见和建议。书中涉及党史的内容，我请省上党史研究的专家朋友审读并把关。三稿，我请我的恩师张炯先生审阅，张老师从主题表现、人物塑造、篇章结构、发表出版等方面，提出了建设性的意见和建议。感谢恩师！所有的意见和建议，我都认真思考并修改。交给出版社的是第四稿。书稿排版校对过程中，我又对书稿中的部分内容进行了修订，还增加了几千字。感谢责编徐夏楠老师的宽容体恤，他对书稿精益求精的态度让我感佩。虽然多次修改，书稿依然没能达到张炯老师的期望，希望将来有机会再修订此书，或者以其他的艺术形式书写照金故事。8月底，左膝再次摔伤，出行不便，修改过程中涉及的某些人和事只能通过电话和微信采访，特此说明。

鲁迅说他不是振臂一呼应者云集的英雄，我更是一个微不足道的小人物，如沙粒，似尘埃。有人问我那么多贫困村，为什么偏偏选择梁家河和照金，丛书选取的村落都是习近平总书记实地考察过的，这些村落是有典型性的。十个村落选自十个省份，全部是老少边穷地区。这十个村落脱贫的方式、措施各不相同，都具有一定的代表性。迷恋宏大叙事，是当代文学的潮流与趋势。村，是中国最小的单位，是社会组织最小的细胞，深度贫困村的贫困户和基层干部是最需要也最值得我们关注和书写的人，他们正在做着人类历史上最伟大的事——消除贫困。实现中华民族的伟大复兴，他们是实干者。当年闹红时老百姓说"跟着红军有饭吃"；脱贫攻坚中，我们不能让一个贫困户掉队。

消除贫困，是人类社会的长期任务，是每一个有良知的社会公民的神圣使命。贫困，是物质的，更是精神的。贫困，让人无法有尊严地活着。1985 年，尚未收到大学录取通知书，我父亲就收到了一份口头"抚养"协议书。有人找到父亲，说他的儿子爱上了我，想要资助我上大学，但要签一份书面协议，保证我大学毕业后跟他儿子结婚。父亲断然拒绝了。这名父亲无辜地说我儿子跟你女儿年貌相当，我们是真心怕你女儿受委屈。他儿子跟我同年考上大学，就读于西安的一所 985 大学。父亲说他不怀疑这家人的诚意，但这关乎尊严。那两年，是我们这个工薪家庭最困难的时期，借用精准扶贫的术语，我们家是"因病致贫"，起因是一场突发的意外灾难。

从那时起，我就知道一个普通家庭，无论城镇还是乡村，是经不起任何突发意外和灾难的。普通家庭"堕入"困境只需一根看不见的"稻草"，而摆脱贫困却需要付出巨大的努力。有些家庭甚至会"一蹶不振"，或者出现代际贫困循环。以父亲当时的工资级别，我们很难申请到"困难补贴"，但家里的情况确实很艰难，父亲想尽一切办法赚钱贴补家用。因此，采访时，我绝不问触及被采访人尊严的问题；写作时，我一直在思考如何防止脱贫户返贫、边缘户掉队的问题。我期待全面小康之后，国家能出台城镇人口意外致贫的相关救助政策。彻底消除贫困，让每一个生活在阳光下的人都有尊严地活着。这或许是我关注底层人群现实生存状态的深层原因吧。

最后，我真诚地感谢支持本书写作的所有人。感谢张站长的

作者在采访（张航智摄）

信任和邀约，他负责所有外联工作，并全程指导书稿的构思与撰写。感谢接受我采访的每一个人，包括每一位贫困户、基层干部，照金村集团和照金公司的同志，市区镇各级宣传部门的工作人员，各级扶贫办、党史办的工作人员，还有市委书记杨长亚同志、市委宣传部副部长李建西同志、照金景区管委会主任闫新民同志等。感谢负责接待的耀州区外宣办的同志们和镇村干部们，闫新红同志看到我腿伤未痊愈，上下楼梯时总是搀扶着我，生怕我受伤。感谢主编刘伟先生，遇到问题，总是他帮我解惑。感谢出版社杨宁和徐夏楠两位编辑的付出，你们是作者的贴心人。感谢丛书编委会的作家朋友们，特别是温暖的胡银芳姐姐。感谢西北政法大学杨宗科校长的支持，杨校长多次询问书稿撰写情况，帮助我解决实际困难。感谢我的研究生余碧航和元哲。照金村委会、照金村集团、照金公司和耀州区党史办为本书撰写提供了大量的文献资料和数据，在此一并感谢。

第一个跟我讨论书稿构思的人是我的朋友姚怀新教授，他精通中医，无偿为朋友诊病，我是他的长期病人。每次接到写作任务，我都要请示他，以我当时的身体状况能否完成。诊脉后，他顺便跟我谈了他对精准扶贫的思考，以及创作的基本思路。此刻还能闻到窗外的玉兰花香，最要感谢姚老师高超的医术和诚挚的关怀。老刘和儿子是我一生的牵绊，感谢老刘的照顾与陪伴，感谢儿子的牵挂与鼓励。采访过程中还有一个意外惊喜，闫新民主任帮我联系到了三十多年未见的老同学。

本书图片由照金村委会、照金村集团、照金公司和鲁雪艳、闫新民、闫新红等提供，部分图片系采访过程中拍摄。"照金的笑脸""照金村扶贫大事记"由照金村委会提供。

2020年3月作者李清霞修改于家中

附小诗一首：

多彩照金

香山巍巍，溪水汤汤

红旗飘飘，笑脸盈盈

习爷爷的教导记心间

幸福生活来之不易

我们要把红色基因代代传

亲爱的，我想告诉你

我们的新教室窗明几净

同学们喝上了甘甜的山泉水

爸爸成了村集团的股东

妈妈的红军菜

让游客仿佛回到战争岁月

奶奶的虎头鞋

摆上了照金商城的页面

销往遥远的地方

轮椅女孩以嘴唇触碰屏幕

用电商实现了小康梦

这是一座现代化的红色小镇

这里是我的家乡——照金

亲爱的，我们要继承照金精神

放飞梦想，拥抱未来

建设生态照金，文化照金

以青春和热血

谱写照金的美丽诗篇

这是一座神奇炫丽的小镇

这里是我的家乡——多彩照金

2019 年 12 月作者李清霞著

编著者简介

主编：刘伟

高级编辑，光明日报社原副总编辑，中南大学中国村落文化研究中心教授，太和智库高级研究员。曾任人民日报社西藏站、山西站负责人，新华社西藏分社、山西分社社长，新华社人事局局长。出版小说集《等待蓝湖》，长篇散记《苍茫西藏》，长篇纪实《十一世班禅坐床记》等多部作品。

副主编：纪红建

文学创作一级，中国报告文学学会理事、青年创作委员会副主任。著有长篇小说《家住武陵源》。长篇报告文学《乡村国是》《哑巴红军传奇》等二十余部。获第七届鲁迅文学奖、第十五届精神文明建设"五个一工程"奖特别奖、第二届"茅盾文学新人奖"等，系中宣部"宣传思想文化青年英才"。

作者：李清霞

西北政法大学新闻传播学院教授，文学博士。主持国家社科基金项目1项，主持并完成2012年度中国作家协会重点作品扶持项目 1 项。曾获第十四届中国当代文学研究优秀成果奖、第四届汉语文学女评委奖·最佳审美奖等。主要作品有：《沉溺与超越》《陈忠实的人与文》《陈忠实的文学道路》《雷达：经得住批评的评论家》等。

作者：张航智

西北大学马克思主义基本原理专业博士生。参与国家级课题 2 项、陕西省级课题 3 项。在《光明日报》、《陕西日报》、光明网和光明日报融媒体重要版面发表二十余篇新闻作品。

图书在版编目（CIP）数据

多彩照金/李清霞，张航智著. —长沙：湖南教育
出版社，2020.6
　　（十村记：精准扶贫路 / 刘伟主编）
　　ISBN 978 - 7 - 5539 - 7566 - 5

　　Ⅰ. ①多… Ⅱ. ①李… ②张… Ⅲ. ①报告文学
—中国—当代 Ⅳ. ①I25

中国版本图书馆 CIP 数据核字（2020）第 094822 号

十村记：精准扶贫路——多彩照金

SHI CUN JI：JINGZHUN FUPIN LU——DUOCAI ZHAOJIN

李清霞　张航智　著

总 策 划	黄步高　刘新民　黄永华　徐　为
策　划	杨　宁
出版统筹	杨　宁　徐夏楠
责任编辑	徐夏楠
特约编辑	刘一行
装帧设计	肖睿子
责任校对	曾朝晖　王怀玉
出版发行	湖南教育出版社（长沙市韶山北路 443 号）
网　址	www. hneph. com
微 信 号	湖南教育出版社
电子邮箱	hnjycbs@ sina. com
客服电话	0731 - 85486727
经　销	湖南省新华书店
印　刷	湖南省众鑫印务有限公司
开　本	710 mm×1000 mm　16 开
印　张	17. 5
字　数	220 000
版　次	2020 年 6 月第 1 版
印　次	2020 年 6 月第 1 次印刷
书　号	ISBN 978 - 7 - 5539 - 7566 - 5
定　价	70. 00 元